飛虎五十週年

捍衛者

他們隱姓埋名，身份守密，矢志不渝地成為特警隊，非為揚名立萬，非為財富權力，而是出於一份難以言喻的使命感。他們敢去默默地耕耘，守護香港——我們燦爛的東方之珠。香港被譽為國際上最安全的城市之一，當市民正在享受今天繁榮安定的日子，可知道這班無名英雄，每天接受地獄式的磨煉，在生死邊緣中來回。尤其是八十年代，悍匪猖獗，他們持有強力軍火，用步槍、手榴彈去搶劫金行，無日無之，導致市民傷亡，令治安受到嚴峻考驗，使百姓們惶恐度日。正正就是一班飛虎隊員儆惡懲奸，在槍林彈雨中穿梭：荃灣中心廣州樓火拼、浣紗花園槍戰擒匪、忠信表行劫案圍捕惡賊、文景樓擒下賊王季炳雄和醉酒英兵機場脅持人質事件等等，飛虎隊員在戰鬥中奪得勝利，守護我們的家，譜成一幕幕有血有肉的真人真事。

飛虎隊成立已經半個世紀了，這本書就是記載這班為香港捨身貢獻英雄的真實故事！在香港出現危機時，這班人比前線警員走向更前方，膽敢迎擊接二連三的挑戰。勇氣、決心和犧牲是特警最基本的要求，一切迎難而上。

謹向所有為香港付出過的，及在訓練中或行動裏受傷和殉職的飛虎隊員，作崇高的致敬！

目錄

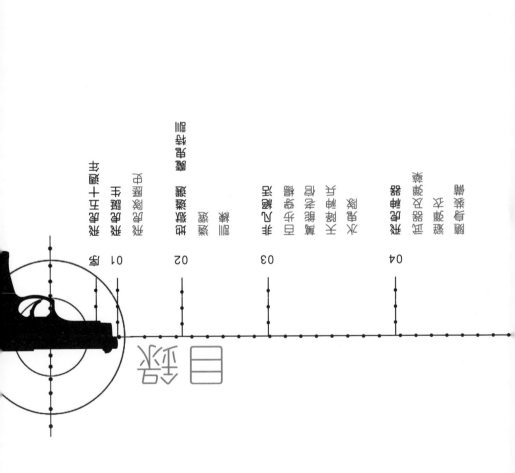

01

飛虎誕生

這支特警隊在成立當時，是極為高度保密的。其他警察單位僅知道有這個部門的存在，對其他的一切情況皆毫不知曉。而所有的隊員亦需嚴守秘密，就是連自己的至親家人，也是不容許透露的。正正因為外界對這支神秘部隊所知不多，所以江湖傳聞不絕。有説隊內的成員全是孤兒，由政府養育成人，安排投考警隊，然後再挑選成為特警隊員。因為這班人無親無故，並無家庭牽累，自然「膽正命平」，特別精悍，驍勇善戰，視死如歸云云，而且更格外忠心。

飛虎隊歷史

香港特警隊成立於1974年，是一支專責執行反恐怖活動的精英隊伍。它就是後來香港市民大眾耳熟能詳而又深感神秘的「飛虎隊」。

飛虎隊的正名為特別任務連（英文：Special Duties Unit，簡稱SDU），是海陸兩棲的特殊部隊，主要工作包括反恐怖活動、處理嚴重罪案、保護要員、拯救人質、搜索和跟蹤，並能在特別行動或災難中提供緊急醫療支援，是一支全能部隊。飛虎隊成立至今不斷改進，在行動中百戰百勝，是世界上最優秀的特別警察部隊之一。

「飛虎隊」一名源自中國抗日戰爭期間，一支來華助戰、由美國陳納德將軍所率領的美國空軍志願飛行隊。他們協助當時的中國政府對抗侵略的日軍，因為在戰場上戰績輝煌，故有「飛虎隊」的稱號。而香港特警隊的成員，乃警隊中的精英，故得「飛虎隊」的號譽，比喻其如虎添翼般威猛厲害。

1971年3月13日，一架菲律賓航空公司的客機被暴徒騎劫來香港，引起了香港當局的震盪，警方如臨大敵，馬上作出高度戒備，嚴陣以待。幸而被騎劫的航機在港降落後，劫機事件終獲得妥善處理，警方才鬆一口氣。1972年，西德慕尼黑舉行奧林匹克世界運動會期間，居然有一支巴勒斯坦「黑色九月游擊隊」，在神不知、鬼不覺的情況下暗地裏闖入了奧運村，綁架以色列國家隊的運動員，並且脅持人質與西德的保安部隊對峙。最終，恐怖分子在機場內引爆了手榴彈，造成人質被殺死亡的血腥慘劇，令原本和平友誼的運動會蒙上了陰影和哀痛。這一幕血淋淋的暴行，轟動了全世界！

《警訊》介紹飛虎隊

有見及此，為防患未然，香港警方便在1973年4月成立了一支「神槍手隊」（Sharpshooter's Team或Marksman Team），以應付可能發生的恐怖活動及嚴重的突發案件。

神槍手隊挑選了三十二名現役的警務精英成為首批人員，接受英國的標準反恐怖活動訓練。他們使用警隊中最優良和先進的武裝和裝備，當年的史達靈輕機槍（9毫米口徑）和AR-15萊福槍（5.56毫米口徑）就是皇牌武器！不久，旺角寶生銀行發生劫案，匪徒持槍脅持人質，與趕來增援的警察對峙，成為香港當年極為轟動的新聞大事。其時，剛成立不久的神槍手隊亦奉召出動，大派用場。

鑒於國際恐怖分子的活動日益猖獗，香港政府感到有成立一支反恐怖隊伍的需要。於是警隊向英國軍方特種部隊特種空勤隊Special Air Service（簡稱SAS）取經，翌年4月將神槍手隊正名為「特別任務連」，並銳意提升其戰鬥力和素質。

這支特警隊在成立當時，是極為高度保密的。其他警察單位僅知道有這個部門的存在，對其他的一切情況皆毫不知曉。而所有的隊員亦需嚴守秘密，就是連自己的至親家人，也是不容許透露的。有關這支特

警隊的服飾、武器和裝備，對外完全沒有曝光，也因此它充滿着神秘的色彩。正正因為外界對這支神秘部隊所知不多，所以江湖傳聞不絕。有說隊內的成員全是孤兒，由政府養育成人，安排投考警隊，然後再挑選成為特警隊員。因為這班人無親無故，並無家庭牽累，自然「膽正命平」，特別精悍，驍勇善戰，視死如歸云云，而且更格外忠心。不過，事實並非如此；相反，他們每個人其實都來自一個健全而正常的家庭。

初期的飛虎隊，是沿用警隊當時所使用的各種武器，加以配合自己的行動和策略，過分側重於「體格強健便能戰勝一切」的觀點，拼命戰鬥，至死方休。直至1978年警隊高層眼見招募人員極為困難，即使招募到合適人選，能夠通過訓練的人數卻又寥寥可數。他們認為事態不妙，於是邀請了一隊由英軍特種空勤隊（Special Air Service）教官所組成的顧問團來港。專家詳細觀察後，被當時飛虎隊的死士式訓練嚇了一跳，作出全面評估後，隨即提出了全盤的改善建議：先以特種空勤隊作為藍本，在武器裝備和策略上作出改變；同時將訓練的任務交由駐港英軍負責，配合特種空勤隊和紅魔鬼傘兵團（Parachute Regiment）作戰術顧問，跳出警隊的框架規範，走向軍事化。

自此，飛虎隊得以大規模發展，引入先進的設備和武器裝備；提升戰術訓練內容，逐漸開展了自己的綜合訓練計劃及設施；同時在香港或外地跟海外類似的特種部隊定期交流和舉行聯合訓練活動，例如美國的三角洲部隊（Delta Force）、英國特種空勤隊、澳洲特種空勤隊和美國各大城市的特警隊（Special Weapon And Tactics, S.W.A.T.）等等。

現時飛虎隊的編制已擴展到一百二十人，計有警司一名、總督察六名、高級督察或督察五名、警署警長四名、警長廿四名和警員六十多名，陣容強大，共分為三組，就是訓練及支援組、行政組和行動組。新加入的人員，暫時編入行動組的陸上攻擊隊A或B隊，或水上攻擊隊（俗稱水鬼隊）做試用隊員，在試用期經歷千錘百鍊後就正式成為飛虎隊的一員。被派到水上攻擊隊的人員，還需另外接受三個月的潛水訓練。事實上，半數以上的狙擊手隊員都接受過潛水訓練，他們隨時可以支援水上的攻擊行動。訓練組的教官都是資深而具豐富經驗的飛虎隊隊員，一旦發生嚴重事故時，亦能夠隨時動員參與行動；三個支援隊是醫療支援隊、快艇隊和近距離攻擊組。

飛虎隊內有經過特別訓練的比利時瑪莉萊犬隻，牠們聰明、勇敢、警惕，以及對主人的絕對忠誠。牠們訓練後不懼爆炸聲及槍聲，靈活敏捷，勇往直前，攻擊力強。行業有句話叫：「瑪犬咬死口。」一但被瑪犬咬住，無論敵人如何毆打，也不會鬆口，這正就是選用瑪莉萊犬作為反恐任務的攻擊警犬的原因。特警人員會視乎實際情況需要為攻擊犬配戴防護裝備，例如護目鏡、耳罩、避彈衣及防刺鞋等。

攻擊犬和領犬特警一同練習

訓練中的攻擊犬

此外其他的特警隊伍，有機場特警組（Airport Security Unit, ASU）於1977年成立，隸屬機場警區，平時於整個機場範圍內巡邏，處理在機場內發生的恐怖襲擊，或影響到航空安全的嚴重事件。反恐特勤隊（Counter Terrorism Response Uni, CTRU）於2009年7月成立，隸屬警察行動部，主要巡邏香港敏感建築物及重要基礎設施，執行警隊的反恐策略。鐵路應變部隊（Railway Response Team, RRT）於2018年12月開始運作，隸屬鐵路警區，於鐵路系統內執行職務，維持高調巡邏，即時可以介入處理鐵路系統的恐怖襲擊及重大事故。幾支勁旅再加上爆炸品處理課（Explosive Ordnance Disposal Bureau, EOD）隸屬於警察行動部，主要工作為爆炸品處理、防範輻核生化、檢查子彈及爆炸品的儲存庫及設施、以及銷毀等。警察隊以上各單位是香港反恐的主要力量。

四大特警部門的布章

飛虎隊紀念盾

飛虎隊編制

	Assault team	攻擊隊（分為A及Z兩隊，每隊24人，再加上一位高級督察(簡稱SIP)合共50人）
	Boat team	艇隊
	Headquarter	總部指揮人員
	Medic team	醫療隊
	Papa team	水鬼隊
	Range team	靶場專責隊
	Sniper team	狙擊手隊（12人，加一位SIP，合共13人）
	Training team	訓練隊
	Zulu=Assault team	攻擊隊

飛虎隊在行動處的組織架構

警務處副處長（行動）
Deputy Commissioner of Police Operations

行動處處長（警務處高級助理處長）
Director of Operations

行動處副處長（行動）
（警務處助理處長）
Deputy Director of Operations

警察機動部隊（藍帽子警察）指揮官
（總警司）
Police Tactical Unit

飛虎隊主管（警司）

飛虎隊的組織架構

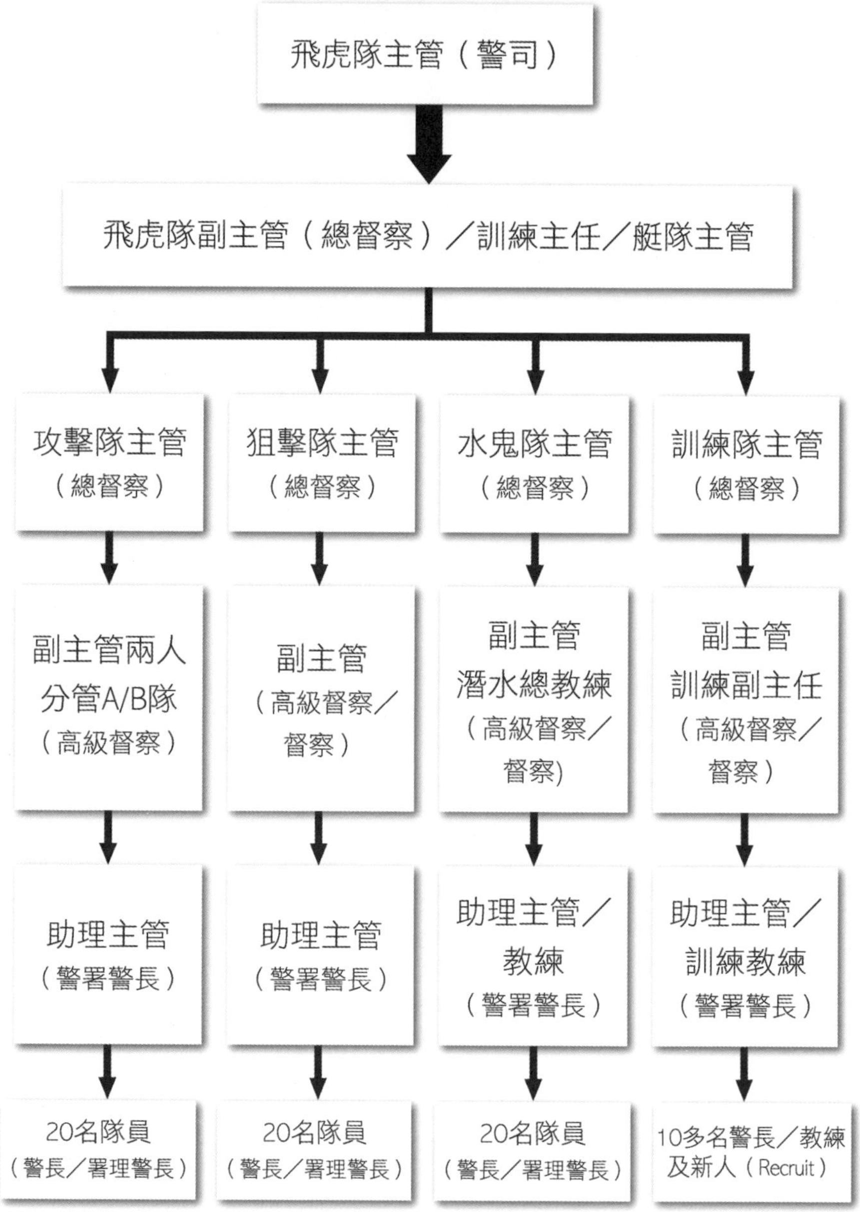
飛虎隊主管（警司）
飛虎隊副主管（總督察）／訓練主任／艇隊主管
攻擊隊主管（總督察）
狙擊隊主管（總督察）
水鬼隊主管（總督察）
訓練隊主管（總督察）
副主管兩人 分管A/B隊（高級督察）
副主管（高級督察／督察）
副主管 潛水總教練（高級督察／督察)
副主管 訓練副主任（高級督察／督察）
助理主管（警署警長）
助理主管（警署警長）
助理主管／教練（警署警長）
助理主管／訓練教練（警署警長）
20名隊員（警長／署理警長）
20名隊員（警長／署理警長）
20名隊員（警長／署理警長）
10多名警長／教練 及新人（Recruit）

02

地獄遴選 魔鬼特訓

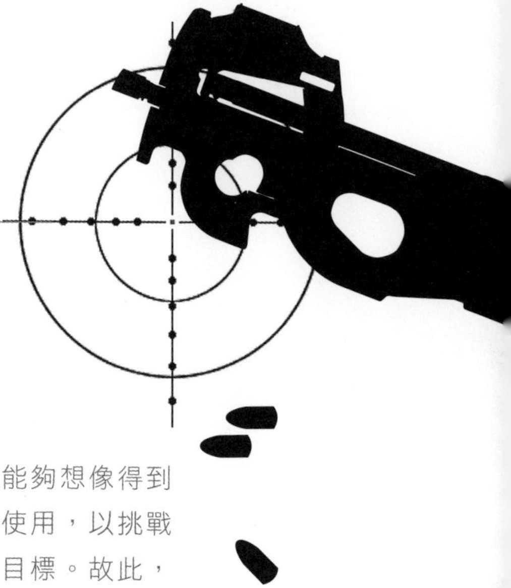

遴選期間，所有能夠想像得到的體能訓練皆會使用，以挑戰人類體能極限為目標。故此，在地獄週期間身體承受不了而退出或受傷（甚而傷殘）的投考者不計其數，亦有操勞過度而猝死的。

遴選

SDU首位華人主管歐陽照剛警司於1991年投考，就因在過程中弄傷膝蓋而退出。失敗乃成功之母，他努力操練，再接再厲，翌年再投考才被取錄。八十名投考者當中，一般只有一至兩名過關，盡是意志最堅強、最具膽色和體能超卓的強人！

開放式遴選

1990年代中，SDU改為開放遴選方式，公開對體能的要求，讓投考者在遴選前自己操練達標。1999年SDU改革遴選準則，強調智能多於體能，講求EQ方面的素質，使更多有潛質的人員有機會盡展所長，平衡競爭性，並非體能好就能夠佔優勢。

當時SDU與機場特警（Airport Security Unit，簡稱ASU）各自招募隊員，有志人員往往因時間的衝突而未能參加兩邊的招募遴選，流失或錯過收錄有潛質的人員。於是在2001年SDU便開始聯合招募遴選，一則減省重複舉辦遴選的人力資源和時間，二則方便警察其他單位的人手調配，吸引更多的投考者。投考者數目約為一百一十人左右。

聯合招募遴選要求人員須有至少三年年資、紀錄良好、不煙不酒、懂游泳、曾駐守警察機動部隊。獲得所屬單位主管的推薦後，先接受一天的遴選測試（Pre-selection）（通常在9月或10月的第一個星期），察看投考者是否有能力應付遴選。

聯合遴選

進入遴選前，須先接受一天的遴選測試。測試分為三個部分。第一部分是要在40分鐘去完成十個項目，每個項目設有評分（A等於3分，B等於2分，C等於1分，D等於零分）。項目設有至低要求，任何小項目中，取得C以下成績，將自動取消繼續參與遴選的資格。

聯合遴選				
一、	3英哩（4.8公里）跑步（至低要C）			
	A. 18分鐘以下	B. 18-20分鐘	C. 21-24分鐘	D. 24分鐘以上
二、	單槓正手引體上升（至低要B）			
	A. 18次或以上	B. 13-17次	C. 8-12次	D. 7次或以下
三、	掌上壓／伏地挺身（至低要C）			
	A. 61次或以上	B. 51-60次	C. 40-50次	D. 39次或以下
四、	仰臥起坐（至低要C）			
	A. 81次或以上	B. 61-80次	C. 40-60次	D. 39次或以下
五、	蹲腿俯撐／蹲撐立（至低要B，至少40次）			
	A. 50次或以上	B. 33-49次	C. 16-32次	D. 15次或以下
六、	壓腿上升（至少18次）			
七、	前臂彎舉（每手提16磅啞鈴，至低要C，至少75次）			
	A. 151以上	B. 101-150次	C. 60-100次	D. 59以下
八、	肩上推舉（每手提16磅啞鈴，至少60次）			
九、	臥推舉（至低要150磅）			
十、	250米游泳。			
遴選第二部分：47分鐘完成十公里跑。				
遴選第三部分：32分鐘完成一公里游泳。				

當有志成為特警行列的精英，成功通過四天的聯合基本遴選後，進而參加為期三個月的基礎訓練課程；完成課程及取得優異成績者，可被考慮加入機場特警組、反恐特勤隊或鐵路應變部隊。而有志投考飛虎隊的警員，除了成功通過聯合基本遴選後，再參加一個為期一星期的進階遴選（俗稱地獄週，考生要接受大量超負荷訓練，整個星期的睡眠時間只有十多個小時，大部分訓練都是突如其來，沒有時間讓考生準備，以讓他們挑戰極限、表現永不放棄的精神）；通過地獄週遴選後，再接受基礎訓練課程及為期半年的進階反恐訓練課程，才能有機會躋身這支王牌精英部隊。要加入飛虎隊除了體能彪炳外，還要有決心及使命感、捨我其誰的精神！

根據非官方資料，試用隊員並非百分百能最終成為飛虎隊成員，因為部門要確保他們真正具備有良心的品格、行為，生理和心理質素都要合乎飛虎隊的條件；他們亦會暗中監察隊員在工作和工餘時的真實一面，如果發覺不合適就會將之淘汰出局。但如何監察呢？就不得而知了。因此，準飛虎隊隊員為要成為飛虎隊，會減少和避免無謂的應酬、賭博、喝酒、在公眾地方發脾氣、進入高級消費場所……徹頭徹尾的做到「行得正、企得正」。

訓練

一 安全防禦法

在課室內，還未正式講授槍械課之前，飛虎教官得先逐一仔細檢查每一支MP-5輕機槍。這個程序至為重要，叫做安全防禦法（Normal Safety Precautions, NSP）。教官首先伸手檢查槍械的保險掣，並將之推至安全

（S）的位置，跟着將槍嘴指向一個安全位置，然後把彈匣退出來，再將Cocking handle往後拉，並且加以緊卡。再用手指插入槍膛，查察裏頭有否遺留彈藥，用視覺和感覺獲知無彈藥遺留（Clear）後，用手把卡住的Cocking handle拍下，使它回彈上前。接着開啟保險掣，扣空槍，關回保險掣，至此便完成了安全防禦法的驗槍程序。

教官極其嚴謹，繼續仔細地講解一遍驗槍程序：「我們無論是從槍房領槍械或是將槍械交回槍房，抑或轉交槍械給別人或接收別人的槍械，以及撿拾任何槍械或在靶場燒槍的前後等，都必須做好驗槍程序，確保槍械在安全的情況下交收和拿去。此外，在任何情況和環境下，都必須假定槍械裝有彈藥，絕對不可指向不欲射擊的位置。除了射擊的時候，手指不得放入扳機護環之內。不得玩弄槍械，不欲射擊的時候，必須鎖上保險掣。」

教官講解（Explanation）過了，緊接着是示範動作（Demonstration）。學員聚精會神地一邊看教官示範動作，一邊模仿（Copy），然後重重複複的練習（Practise）。教官不時糾正大家的錯誤，直至各人熟練為止。Explanation、Demonstration、Copy、Practise是槍械課程的教授方法。

「For inspection port arm（擎槍檢查）。」教官發號施令。學員將MP-5輕機槍指向一個安全位置，檢查槍械的保險掣是否推至安全（S），迅速將Cocking handle往後拉，再用手指插入槍膛，查察裏頭是否遺留彈藥。教官逐一檢查學員手上的機槍，確定沒有彈藥遺留後，喝令：「Clear-easy spring（清膛，鬆回彈簧）。」學員用左手（或弱手）拍擊Cocking handle，彈簧便輕易回彈上前，然後開保險掣，扣射空槍，關保險掣，完成驗槍程序。

Load（入彈）、Unload（退彈）、Make safe（退彈後重新入彈）、Fire（開火）……槍械課程循序漸進，從槍械的簡單機械操作原理、組件構造、怎樣瞄準……最後才正式在靶場上實地練習。飛虎精英的本領，是良好的訓練逐步培養出來的。

保鑣護法

在中環的鬧市裏，出現了五名男子，他們四人包圍一人在中央，有隊形的在行人穿梭交織的街道、行人天橋和樓宇間前進。在外圍的四個人都配戴無線電耳筒通訊器，見他們個個雙眼炯炯有神，原來是飛虎隊的隊員，正在接受保鑣訓練。他們遵照教官的吩附，時而轉左時而

轉右或掉頭，向不同方向推進，一方面要保持隊形，另一方面要防止任何可疑人物接近中央的「顯要人物」。當熟習了包圍陣勢、改變方向和協調步伐技巧後，就接受進一步的考驗。

在警察訓練學院的戰術訓練大樓內，模擬的街道上四人正護衛著中央的「要人」前進，突然店鋪中閃出一名持槍男子，站在要人左右的兩人立即踏前然後合攏，成為一堵牆壁，同時緊盯持槍者，拔出手槍防衛，朝對方狠狠地開火；後方兩人立即擁前用手攬住要人的膊頭，按低他的頭部，帶領要人轉身走，用自己身體作掩護迅速撤離危險地帶。他們重重複複的努力練習，直至滿意為止。有時在訓練中會有手榴彈擲出，保鑣們隨即大叫：「Grenade（手榴彈）！」保鑣們瞬間一擁而上，將要人按低伏在地上，然後人疊人伏在要人的身上，用血肉之軀去抵擋爆炸和碎片，待爆炸時即保護要人撤退。

在駕駛方面，保鑣要接受特殊駕駛汽車訓練，如怎樣擺脫跟蹤、在高速行駕中抽手掣掉頭和飄移技巧等。此外，亦要曉得在汽車內外不同位置和在行駛中開槍。保鑣的工作是保護要人的生命安全，在一髮千鈞間不惜以身軀為要人抵擋子彈，「鞠躬盡瘁、死而後已」是無尚的光榮。廿四小時貼身保護，共住同眠，是不易勝任的任務啊！

EXIT

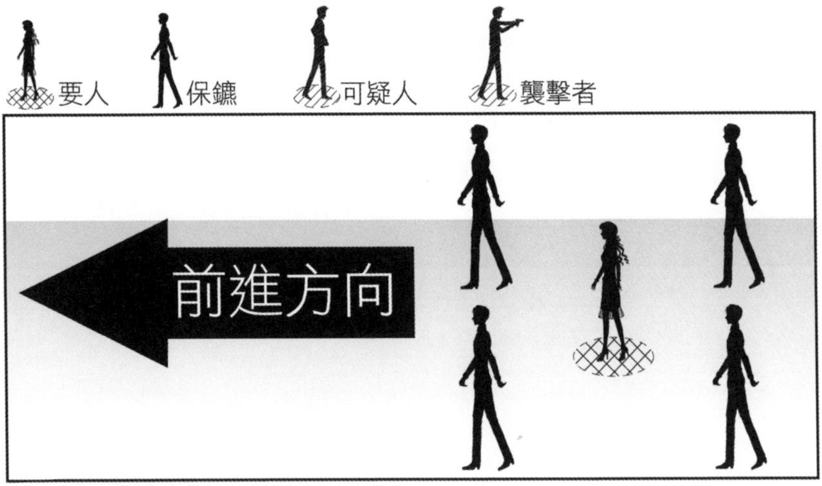

（1） 行進保護陣勢

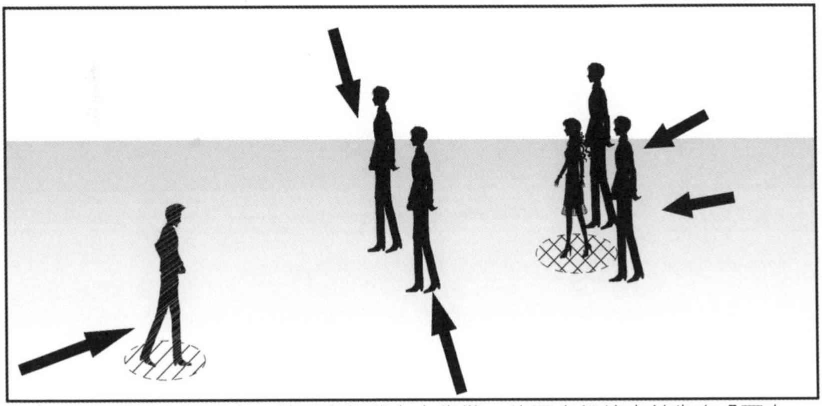

（2） 行進間遇上可疑人，前兩名保鑣左右靠攏，後兩名保鑣走前靠向「要人」。

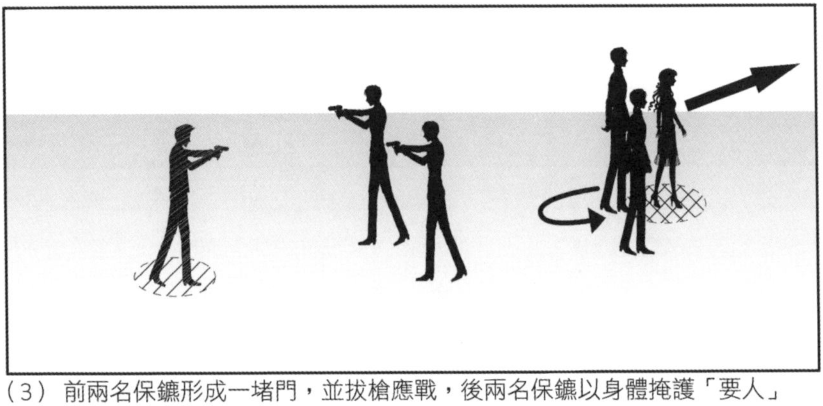

（3） 前兩名保鑣形成一堵門，並拔槍應戰，後兩名保鑣以身體掩護「要人」轉身逃走。

幾種飛虎隊攻房及搜索房間時的戰術

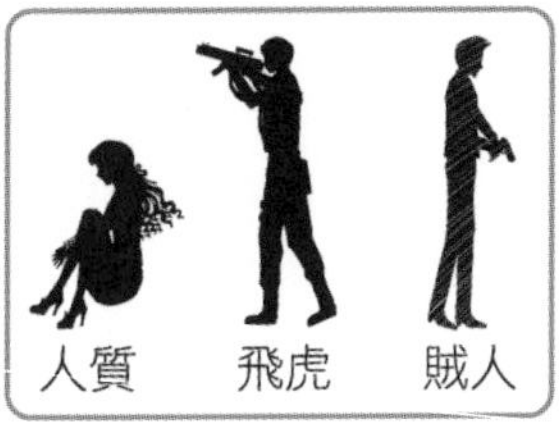

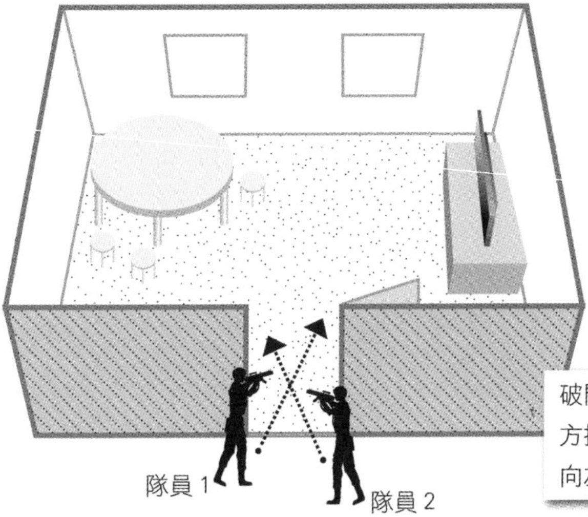

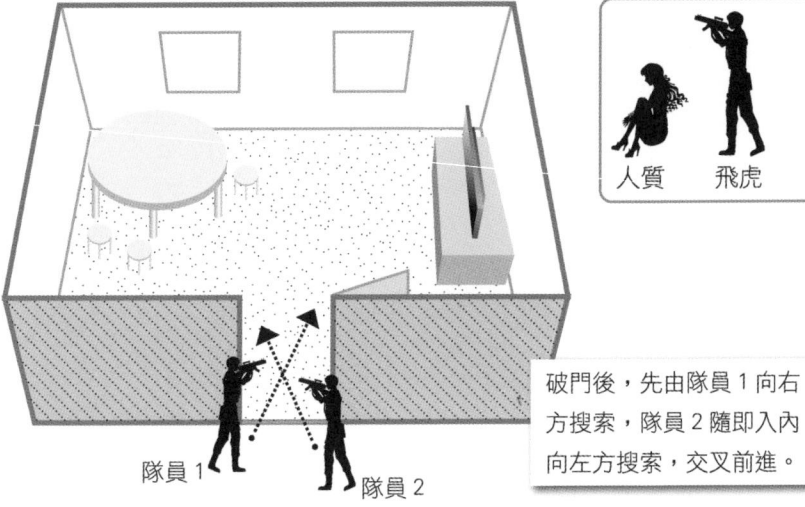

破門後，先由隊員 1 向右方搜索，隊員 2 隨即入內向左方搜索，交叉前進。

（圖一）交叉搜索房內情況

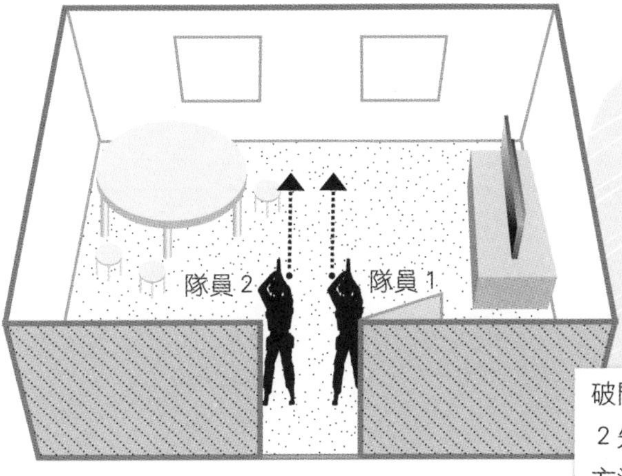

破門後入屋後，隊員 1 和 2 先後衝入，確定左右兩方沒有敵人，隨即互相掩護，平衡前進向內搜索。

（圖二）平衡前進互相掩護

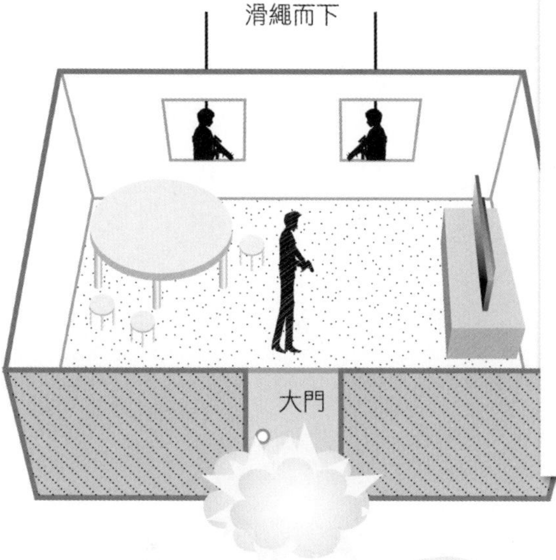

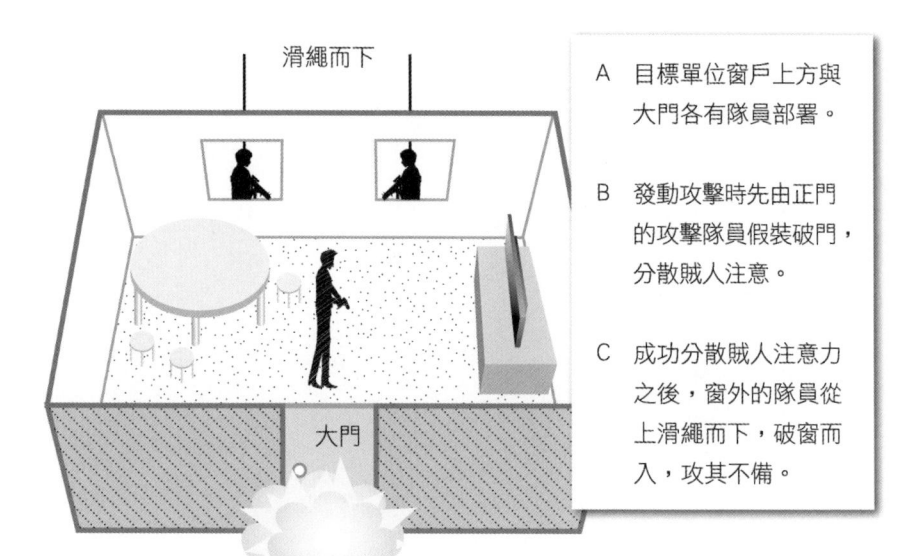

A 目標單位窗戶上方與大門各有隊員部署。

B 發動攻擊時先由正門的攻擊隊員假裝破門，分散賊人注意。

C 成功分散賊人注意力之後，窗外的隊員從上滑繩而下，破窗而入，攻其不備。

（圖 三）聲東擊西戰術

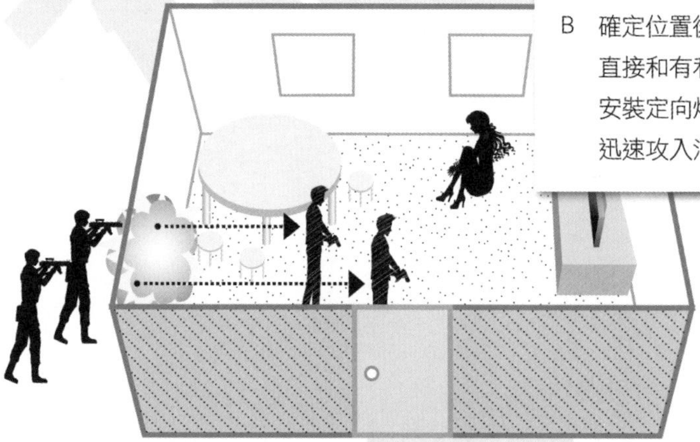

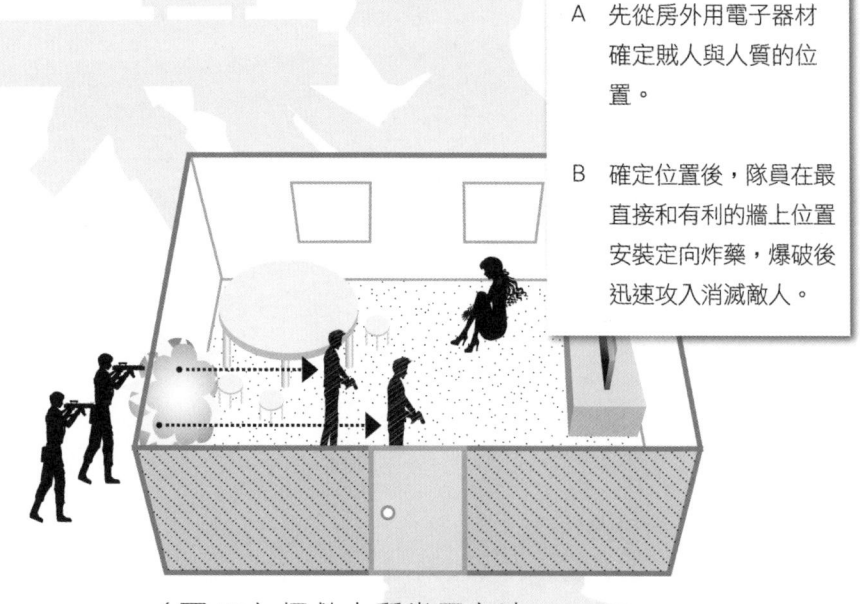

A 先從房外用電子器材確定賊人與人質的位置。

B 確定位置後，隊員在最直接和有利的牆上位置安裝定向炸藥，爆破後迅速攻入消滅敵人。

（圖 四）拯救人質常用方法

03

非凡絕活

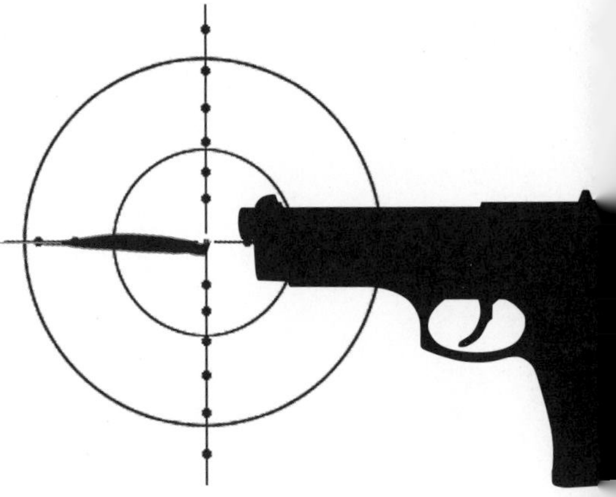

飛虎隊員除了經常性的訓練外，還要學習爆破、製造簡單的爆炸裝置、佈置陷阱、閱讀地圖、跳降傘、潛水和搏鬥術等，差不多是通天曉。

百步穿楊

飛虎隊的狙擊手訓練，最講求穩定、耐性和判斷力。他們跟敵人的交鋒距離是中距離和長距離，不用埋身火拼、跟敵人短兵相接，加上隊友輔助，他們有足夠的準備時間去迎擊敵人。狙擊手往往會利用周圍的環境（Shape 外形、Shadow 陰影、Silhuette 輪廓、Surface 表面、

Spacing 空間和Movement 移動）和偽裝服，完全融入環境中，難以被肉眼察覺，方便埋伏於隱蔽而有利的據點，耐心地守候目標出現，並掩護攻擊組人員就位，和監察四周環境等。

當目標出現，機會極可能一瞬即逝，在間不容髮的情形下，要萬無一失的一擊即中！槍手以瞄準器鎖緊目標，隨住對方同步移動。同時間，他們會深呼吸來調節心理和身體狀況，迅速計算距離、風向、風速、目標移動的方向和提前量（狙擊手向移動目標瞄準時，需估計子彈射出後，飛行速度和目標移動速度相遇的位置，故狙擊手會瞄準目標前面一段距離的位置，謂之提前量）等，然後開保險掣，閉住呼吸，食指拉扣扳機的虛位，隨即扣射開槍。子彈飛越長空，百步穿楊，一擊即中。

要練成一手好槍法，最基本是要熟識和了解四條神槍手法則：一、有足夠的力量和正確的射擊姿勢，牢固地握持槍械；二、槍械必須自然地指向你的目標，沒有任何身體所造成的障礙；三、瞄準方法必須正確，即眼睛、後照門、前準星和目標四點連成一條直線；四、開槍之後避免立即移動位置影響準繩，應放鬆自己及盯住子彈射向的地方，認清它有否偏離預定位置，自己調校修正。

面對槍林彈雨的環境和不同的狀況，要應付不同的需要，所以飛虎隊員要學習多種射姿，如企射、跪射、蹲射、坐射、匍匐射和臥射等；亦分有掩護物和無掩護物射擊。此外，除輕機槍和萊福槍外，作為輔助武器的手槍亦是訓練的重要一環。手槍從槍袋內拔出來，向敵人開火，共分為拔、拋、瞄、燒四個過程。拔即是拔槍；拋即是拔槍後手槍離開槍袋，將手槍擺放在身體前的位置準備開槍；瞄即是瞄準；燒即是扣射。

拔槍快捷、開槍準確是槍戰勝負的重要關鍵，故此飛虎隊員都通曉本能射擊。他們將手槍和槍袋都繫在大腿之側，為的是簡化拔拋瞄燒的過程。他們拔槍時雙眼緊盯著敵人，強手伸向大腿側，握住槍柄，拇

手槍在大腿旁的槍袋

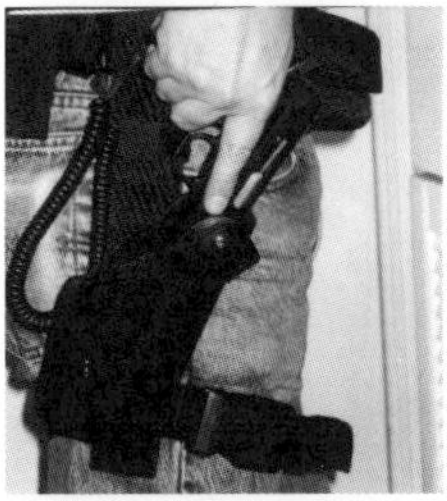
拔槍

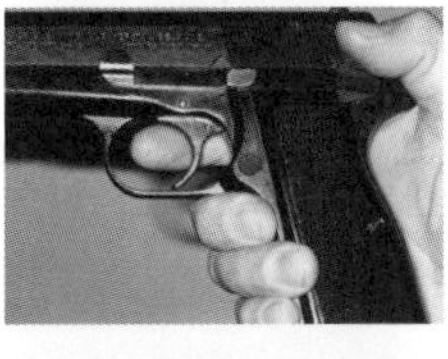
拋槍向前時拇指按開保險掣

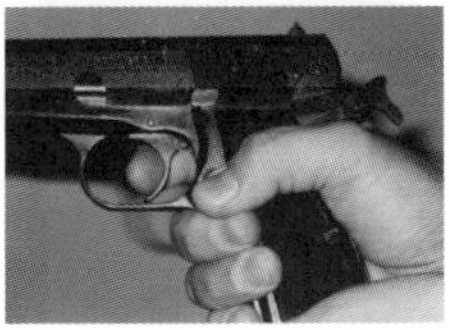
手槍進入射擊狀態

指按開槍袋的鈕扣，即提起拔出手槍伸前。當它升至四點連成一條直線時，就扣射兩槍，命中目標。百發百中的本領非一朝一夕可練成，而是要經過長期的鍛鍊，再加艱辛的血汗，日積月累而成。

為了令敵方受自己的火力壓制，及令敵人中槍後非死不可，飛虎隊員使用手槍時多會在同一位置連環速扣兩槍，稱為Double taps；用自動機槍時，就猝射三至六發Bursts fire，令人無力招架。眼睛望到哪處，槍械便指到哪處，眼到槍到，人槍合一。生命就在呼吸之間，生死時速。

「Scan and breath！」訓練時反覆練習四周觀察和呼吸，因為當戴上防毒面具，在幽暗和滿佈催淚煙霧的環境下，視野和呼吸都受到局限。不停地擺動頭部和深呼吸，可吸取較多氧氣和有較好的視野，能夠鬆弛自己，從容迎戰敵人。在跨越障礙物或攻入房間時，亦必須考慮用左腳或右腳先行。持長槍或輕機槍時，用右手掌控扳機，應以左腳先行；反之以右腳先行。否則，用右手掌控扳機時右腳先行，遇上右側襲擊，轉向射擊即慢半拍，容易構成自身的危險。正確的展步可以兼顧全方位的環境，奪取戰術上的優勢。

萬能老倌

飛虎隊員除了經常性的訓練外，還要學習爆破、製造簡單的爆炸裝置、佈置陷阱、閱讀地圖、跳降傘、潛水和搏鬥術等，差不多是通天曉。為了應付特別行動的需要，飛虎隊會按既定時間表安排隊員到其他部門學習和訓練，例如爆炸品處理課EOD、警察搜索隊、要員保護組和警察談判組等。此外，他們還要學習使用一些高科技先進器材和監察儀器等。因為飛虎隊的任務是反恐怖活動，需迎擊恐怖分子，要隨時隨地扮成其他身分，以便接近被騎劫的飛機、輪船和其他交通工具，所以他們也要學習駕駛機場內的加油車、大型客運巴士和行李運輸車等大小不同車輛。飛虎隊亦備有不同大小、不同型號的車輛，提供不同的需要。所以飛虎隊員要懂得駕駛各款車輛以備不時之需，使日後的行動無往而不利。換言之，他們大都通曉駕駛任何車輛，還取得駕駛執照呢。

飛虎隊員會參加特別的攝影課程，首先環繞鏡頭理論、光圈、快門和曝光等知識，跟著會學習使用一些特殊的攝影器材，利用偷拍竊錄的方法，務求取得影像和片段，用於分析形勢、安排攻堅路線和確認人

物身分等用途，知彼知己，百戰百勝。器材多為針孔攝錄機，它們五花八門，分別可鑲嵌在眼鏡、藍芽耳機、手表、原子筆和戒指飾物等，就像刑事情報科的狗仔隊和間諜特務一樣。當學員曉得操作後，便會到街上實習，他們隨機找尋目標，走進公司、銀行或政府部門等建築物做習作。他們事後會分享作品影像，由導師評論和提出改善方法，精益求精。晚上，他們又再出動，使用夜視和長距離的特殊器材，在公園、酒店和娛樂場所裏暗中偷攝。鏡頭前有緩跑者、打太極的老人、吵嘴的情侶和四處搭訕的艷女等等，也許你亦會不幸被拍攝入鏡頭呢！不過，大家請放心，經導師和學生們看過效果後，影像會全部銷毀，不會留存的。

他們除了「能武」之外，還要「能文」才行，真正是文武兼備。其中一項訓練是獨自策劃行動，並且要向上級提交一份計劃報告書，用作評估。這個策劃行動剛剛跟飛虎隊的任務相反，假設你是敵方。這項習作主要是訓練隊員的思考、部署、應變和策劃能力。

隊員乙收到的任務是策劃打劫旺角的某某珠寶金行。他首先要親身到該珠寶金行探路，觀察所有狀況，例如金行職員的人數、多少名男性女性和他們的年齡等；防盜器的種類、數量和位置；保安員的人數及持有的武器；警察簽到巡邏的次數；開舖收舖的時間；繁忙時間、交通情況和路線，及附近建築物的資料等，並且拍照和繪畫草圖。

取得珠寶金行的資料後，便要作出整理和分析，反覆考慮交通和其他的因素，決定最佳的下手時間，策劃打劫的步驟，如人手分配、武器工具、汽車、逃走路線、成功得手或挫敗的集散地點和緊急應變計劃等。

乙完成了計劃的報告書後，便呈交上級。然後在其他隊員面前講解自己的計劃，並且詳細分項：一、珠寶金行的位置、鄰近環境、街道及交通網絡；二、形勢及風險估計解說；三、搶劫的目標（黃金、鈔票、鑽石、手表或任何財物）；四、執行（時間、人手分工、武器、工具、交通、必要時考慮殺人或脅持人質……）；五、額外人手，如「天文台」或「清道夫」（「天文台」是為同伴把風、放哨、通風報訊和發出預警的人；「清道夫」是掃除所有障礙，包括解決任何礙事人士的「天文台」），或車手支援；六、使用暗號、手提電話和其他通訊器材等。教官看過乙的報告書和聽完乙的解說後，便講出評語，然後由隊員互相討論。有時候隊員所發表的計劃構思精密、安排嚴謹，可以說無懈可擊。

飛虎隊隨時面對槍林彈雨和血淋淋的廝殺場面，所以除通曉各項特別技能外，還要懂得急救和傷口包紮，以應付突發事故。在與敵人交鋒時，為同僚、人質或敵人提供緊急的醫療服務，避免傷勢惡化，保存寶貴的生命。當中擔任醫療支援小組（Medic）的飛虎隊員，除了要和其他隊員一樣接受嚴格訓練和醫療救護訓練外，每四個月都會被派駐到消防處的救護車單位，作跟車實習和體驗工作一星期，務求在危急關頭能夠拯救生命，及協助傷者撤離險境。

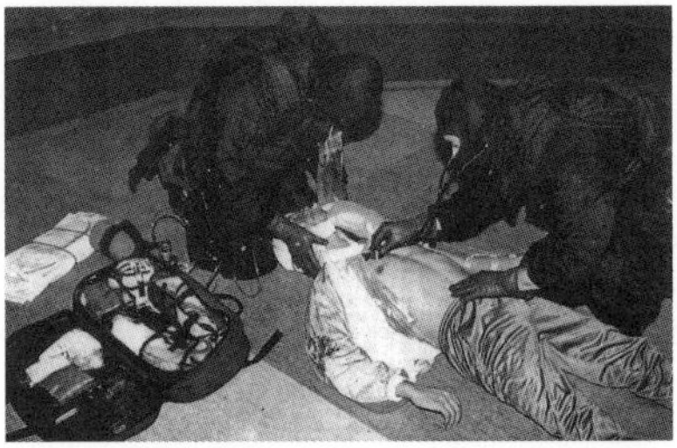
醫療支援小組

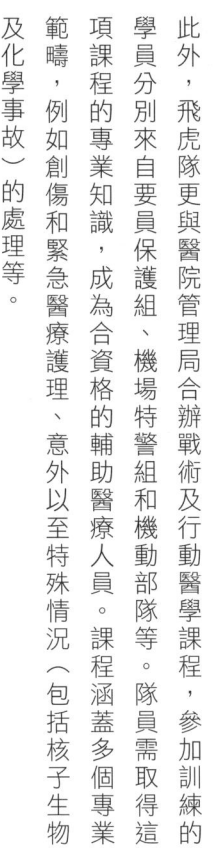

此外，飛虎隊更與醫院管理局合辦戰術及行動醫學課程，參加訓練的學員分別來自要員保護組、機場特警組和機動部隊等。隊員需取得這項課程的專業知識，成為合資格的輔助醫療人員。課程涵蓋多個專業範疇，例如創傷和緊急醫療護理、意外以至特殊情況（包括核子生物及化學事故）的處理等。

天降神兵

飛虎隊最快速的運輸工具就是香港政府飛行服務隊的直升機。在使用的先後次序中，飛虎隊被排在飛行服務隊最優先的名列中（Top Priority）；雙方合作無間，故此直升機的訓練亦佔重要的一環。

Helicopter Drill是直升機訓練最基本的一個項目。直升機的機首位置定作十二點鐘，機尾是六點鐘。當飛虎隊出動時，便全副武裝的等候直升機來接載，作雷霆出擊。直升機降落於基地的操場空地上，飛虎隊員就排列成單行，蹲下來等待上機。為了爭取時間，直升機的引擎仍然啟動，螺旋槳保持轉動，待人員全體登上機艙，便即時升空離開，把人員空投往目的地去。因為螺旋槳在高速轉動，所以形成半透明狀，偶一不慎碰到，身體便會被它削開，造成嚴重意外。尤其是機尾的副翼位置，最是危險的地方。主翼在高速旋轉攪動氣流時，會上下高低的擺動，所以趨近機身時需彎腰俯低，否則易被削去頭殼。

飛虎人員通常會在兩點鐘或十點鐘的位置等候，列隊準備登機。機師或機員在降落妥當、情況穩定後，便向候機人員豎起拇指示意可以登機。飛虎人員回覆相同動作，表示一切準備就緒後，便沿兩點鐘或十點鐘的路線，單行彎腰俯低身體的迅速走往機艙門去。這條路線可避

開危險的機尾副翼，及讓機師在駕駛座中清楚看到人員趨近的情況，觀察環境是否安全。

小隊長是排最前的一人，他抵達艙門旁邊後，就協助其他隊員逐一登機，視察過程安全後，才最後登上機艙。事實上，上落直升機都要按先後次序的，最先登機者要坐到最深入的位置，依此類推；而最後登機的，在落機時就是最前的一人，這樣做才有默契，而已安全快捷。

當各人坐好、繫上安全帶後，便用弱手豎起拇指，直升機就升空去了。降落時，眾人解除安全帶，豎起拇指，小隊長用手號示意離開，自己先下機接應，然後隊員按先後次序落機，著陸後排成一個圓形的防禦陣勢（All round defence）或半圓形的防禦陣勢戒備。待所有人員安全著陸後，直升機便升空離開。飛虎隊按行動部署迅速就位。

空降建築物天台

飛虎隊以直升機出動，除了因應任務性質外，亦要配合戰術使用。第一種方法，是在情況容許又有足夠的空間時，直升機直接降落空地、停機坪或大廈的天台上；第二種方法，是不能夠直接著陸時，直升機逗留空中距離著陸位置2至3公尺，讓人員按次序逐一跳下；第三種方法，直升機逗留在10公尺空中，將直徑約10厘米粗的繩纜投到著陸位置，隊員雙手戴上保護手套，按次序握住繩纜迅速滑下降落；第四種方法，是使用攀山吊索工具，從20至30公尺的空中，高速地滑繩急降（Abselling）目標位置。不論是哪種空降方法，在著陸後一概排成圓形的防禦陣勢，預防遭受伏擊。但是各種直升機的設計和用途都不同，當左右兩側的艙門均能使用時，空降的時間就可以縮短。

要利用繩纜空投的方法，先要接受徒手攀繩纜的基本訓練：雙手握住繩纜，一隻腳的腳面撓高繩纜，另一隻腳腳底踏緊被撓高的繩纜部分，兩腳向上蹬，雙臂引體上升；雙臂沿繩推高後握繩纜引體力拉，兩腳使勁往上夾住繩纜，手腳配合，便可以向上攀升。往下攀也是同樣的方法，這是三級攀繩法。二級攀繩法是單靠臂力，不用雙腳撓繩，雙臂握繩引體上升。一級攀繩法是左右手各握住一條繩纜，靠強橫的臂力，隨意引體升降，是難度極高的動作。當然，任何本事都可由日積月累的訓練和練習，千錘百鍊而成！

水鬼隊

一艘海濤式反恐快艇在黑夜裏從飛虎隊的海事反恐怖快艇特警隊基地，載一隊全身潛水裝備的水上飛虎隊（水鬼隊）人員出發。快艇全速地朝目的地進發，濺起一條長長的白色浪花，片刻便消失於夜色之中。

當快艇駛至距離目標還有3公里左右，便減慢速度了。這個時候戴着潛水鏡、穿上蛙鞋和水肺（即氧氣筒，但裝貯的不是純氧，而是氧氣和其他氣體混合的空氣）的水隊人員正準備下水，待他們全部進入水中，快艇就折返基地去。黑漆漆的海面，水隊們載浮載沉的集合在一起，立即全體潛入水底，靜悄悄地靠近目標船隻。他們在水底用儀器來辨別位置和方位，暗中朝目標秘密潛航。

水鬼隊採用美國最先進的潛水氧氣裝置，呼出的廢氣會經過特別的過濾系統，使它與水肺內的空氣混和，循環再用，一則可以延長隊員逗留在海底的時間，二則不會產生氣泡，無聲無息，免得恐怖分子在海面發覺水隊的蹤影。這種裝置是著名的美國海豹突擊隊SEAL最先採用的，使行動可無影無蹤地進行。

烏黑混濁的海底環境充滿危機，好不容易，水鬼隊終於抵達目標艦隻的船底。他們靜悄悄地逐一浮升至水面，作簡單的觀察後，即從防水袋內取出武器和裝備。夜色中他們全副黑色裝束，脫下蛙鞋，穿上輕盈的作戰背心，胸懸MP-5K輕機槍，腿繫Glock-17半自動手槍，面罩蒙頭的徒手沿住目標艦隻的錨鍊攀爬，藉着黑暗的環境，一下一下往甲板推進。隊員們臂力驚人、訓練有素，不消十分鐘便全體登上甲板，排成半圓形的防禦陣勢戒備。他們隨即如鬼魅般散開，正式展開行動。有時為配合行動上的需要，他們會使用滅音器，即使開槍射擊也無聲無息。

隊員分成幾組，分別攻擊艦橋駕駛艙、機房和拯救人質等。當黎明降臨，曙光初現，直升機趕來接應，水鬼隊已奪得該艦的完全控制。直升機降落鋼索，吊走傷病的人質，將之送到醫院救治，演習便告一段落。

因應任務的需要，飛虎隊有時只出動兩名水隊狙擊手，由快艇或直升機運載到距離目的地以外的海面，讓他們攜同裝備跳進水裏。兩個人靜悄悄地潛水靠岸，一人先彎身跑上登陸，蹲下視察動靜，然後再以手勢示意夥伴上水。兩人擎槍互相戒備，輪流更換上一套偽裝植物的衣服和手套，並且使用顏料在臉上化妝，塗上條紋和顏色，跟周圍環境完全吻合，只要蹲着或伏着不動，便能融入自然中，不易被人發覺。他們更從防水袋內取出一支用掩護色布條包裹的狙擊萊福槍，及可自動測距離和角度的望遠鏡，寂靜無聲地建立了一個狙擊觀察地點，監視敵方動靜，隨時提供火力支援，解決障礙。

飛虎隊在反劫機行動中，受脅持的飛機極可能距離建築物太遠，鞭長莫及，此時便可借助水隊的獨特技能，從海上潛水靠近跑道。狙擊手架起狙擊萊福槍與同伴躲藏在草地旁，動也不動的匍匐地上，暗中使用夜視裝置及望遠鏡，不斷地監視恐怖分子的舉動，向上峰詳細匯報。正式發動攻擊時，狙擊手會毫不遲疑地解決射程內的所有目標，格殺所有逃出的漏網者，掩護隊友進攻和撤退，居功至偉。除此之外，他們亦參與水上搜索證物和其他水面水底的特殊任務。

水鬼隊潛入深水區域時有一定的危險，除了要應付視野不清和水壓的問題，還要面對海底的湍流，隨時被海流沖走。曾經有一小隊人員在長程潛水演習中失踪，未有在預定的地點和時間出現。於是飛虎隊立即展開海空地氈式搜索，幾經辛苦終於在荒島上尋回小隊人員，原來他們被海流沖走，幸而全部安全無恙。

在潛水訓練時，一位飛虎隊員曾經試過水肺突然失靈，使他無法呼吸到空氣，他臨危不亂，馬上在水底拉扯救生衣的充氣掣，救生衣充氣膨脹起來，由水底迅速浮升，冒出水面。意外中沒有人受傷，但該隊員第二天便覺得頭痛欲裂，痛的位置在雙眼眉心之間。初期他自行服食止痛藥，但卻不能根治，後來便到醫生處診治。他告訴醫生在潛水時的小意外，也許是因為浮升出水面的速度過急過快，以致留在體內的氮氣未能及時釋出，導致頭痛。醫生詳細檢查後作出診斷，解釋說人的頭顱骨中有很多空隙，他認為該隊員在做扼鼻減壓（紓緩耳膜痛楚）的動作時，可能鼻孔有海水，而海水是不潔的，在扼鼻噴氣期間，把微量水氣壓上在頭顱骨的眉心空隙中，令那兒受細菌感染而發炎，引致頭痛。醫生開出消炎止痛藥和批出數天病假，約一個星期後隊員便康復了。但醫生忠告，若再潛水，相同的毛病會容易發生，該隊員遂打消轉任水鬼隊的念頭。其實水鬼隊長期在海底受壓，很容易患上潛水病（因體內的氮氣未能及時釋出，造成關節痛楚），或被水壓壓穿耳膜。

2012年10月1日在南丫島水域上，海泰號和南丫四號相撞，南丫四號隨即沉沒，造成三十九人死亡和一百零一人受傷的嚴重海難，水鬼隊亦有參與搜救。在海難聆訊中，水鬼隊在作供時因為工作涉及反恐敏感工作，身分需要保密，獲接納准以屏風遮掩，和用代號作為姓名。

04 飛虎神器

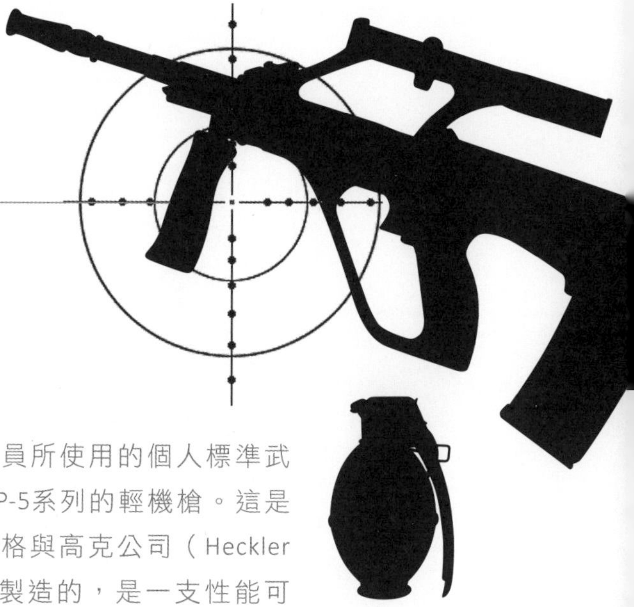

攻擊組隊員所使用的個人標準武器，是MP-5系列的輕機槍。這是由德國希格與高克公司（Heckler & Koch）製造的，是一支性能可靠而又優良的槍械，為世界各國反恐怖隊伍和特種部隊所廣泛使用。

武器及彈藥

一 輕機槍

MP-5A3和MP-5A5輕機槍：是飛虎隊員所使用的普通型號，口徑9毫米，發射速率高達每分鐘八百發，子彈初速每秒400公尺，火力相當威猛。MP-5A5除可以選擇單發和連發外，更具備三連發猝射功能；MP-5A3則只具備單發和連發的功能。儘管如此，資深槍手還是可以憑着個人出色的技巧，利用手指控制令機槍做到三連發猝射的效果。機槍長約680毫米，重2.6至2.9千克，配備有三十發的子彈匣。槍柄是伸縮式活動設計，可因應不同環境的需要，把槍柄伸縮使用，令行動更靈活機動。

MP-5K小型輕機槍：此型號機槍俗稱Baby，口徑9毫米，長325毫米，重2.1千克，發射速率高達每分鐘九百發，可收藏在公事喼內攜帶使用。這種小型輕機槍便於攜帶，最常為要員保護組（G4）所使用。而飛虎隊的水上攻擊組則喜歡以它作近距離攻擊。裝上雷射瞄準器和強力電筒後，Baby便馬上成為一支短小精悍的厲害武器！

MP-5K-PDW小型輕機槍：加有摺疊式槍柄和槍嘴火罩，是一支強力個人防禦武器。

MP-5SD滅聲輕機槍：口徑9毫米，重2.9千克，是一種附有原裝滅聲裝置之機槍，操作及性能跟MP-5無異，殺敵於無聲無息之中，專門解決放哨之敵人，或用於執行暗殺等的特別任務。但它有個缺點，就是發射數十槍以後（約兩個彈匣的彈藥），消聲室孔被積聚的火藥灰燼閉塞時，其滅聲功能就失去作用，必須清潔後才能再發揮功能。

MP-5 上膛

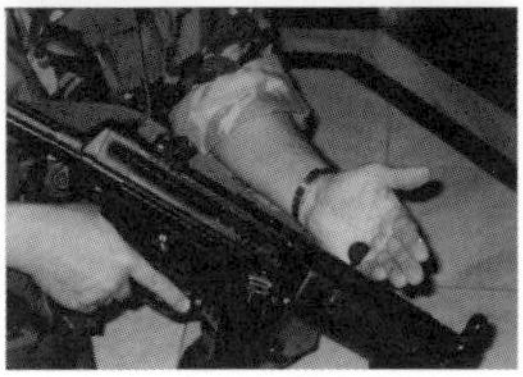

MP-5 操作

HK-53輕機槍：槍柄是伸縮式活動設計，可因應不同環境的需要，把槍柄伸縮使用，令行動更靈活機動。與MP-5外型和性能相同，但使用口徑5.56毫米的步槍子彈，威力強大。

‖ 半自動手槍

白朗靈半自動手槍：是飛虎隊員的佩槍，同時是一支輔助武器。口徑9毫米，彈匣分別有十三發和二十發兩種，是準確可靠而威力強大的隨身槍械。

Glock-17半自動手槍：口徑9毫米，彈匣為十七發，手槍淨重1.11磅，子彈初速為每秒1148英呎。

III 狙擊萊福槍

SIG-Sauer SSG 3000狙擊萊福槍：由瑞士Schwezerische Industries Geseuschan（SIG）廠製造，口徑7.62毫米，連瞄準器重6.2千克，單發制式（Bolt-Action），可裝上五發彈匣，子彈初速為每秒2624呎至2723呎。

SR-25（Stontoner Rifle-25）狙擊萊福槍：由美國奈特軍械公司（Kright's Armament Company）製造，口徑7.62毫米，重約4.88千克，半自動，可裝十發或二十發彈匣。子彈初速為每秒2700呎。

L42A1狙擊萊福槍：是英國RSAF Enfield廠製造，口徑7.62毫米，淨重4.42千克，單發制式，可裝上十發彈匣，子彈初速為每秒2742呎。

L96A1狙擊萊福槍：英國Accuracy International Ltd.廠製造，口徑7.62毫米，重6.5千克，單發制式，可裝上十發彈匣，子彈初速為每秒2803呎。

G3 SG1狙擊萊福槍：由德國希格與高克公司（Heckler & Koch）製造，口徑7.62毫米，重5.54千克，可以半自動或全自動發射，二十發彈匣，子彈初速為每秒2625呎。

PSG 1狙擊萊福槍：同樣是德國希格與高克公司（Heckler & Koch）產品，口徑7.62毫米，淨重8.1千克，半自動單發制式，可配五發或二十發彈匣，是極昂貴的兵器，售價達一萬美元。

雷明登M-700型狙擊萊福槍：美國Remington Arms Co.製造，口徑7.62毫米，單發制式，彈匣容量五發。

M-4 卡賓槍

IV 步槍（萊福槍）

M-16A2萊福槍：美國Colt Industries製造，口徑5.56毫米，淨重3.58千克，三十發彈匣，可作半自動或全自動發射，子彈初速為每秒3250呎，為飛虎隊員提供中長距火力支援。

M-4卡賓槍：美國Colt Industries製造，口徑5.56毫米，淨重2.54千克，三十發彈匣，可作半自動或全自動發射，速率每分鐘七百至一千發，子彈初速為每秒3020呎。火力強大，適合中距離作戰。

G-36V萊福槍：德國希格與高克公司（Heckler & Koch）產品，口徑5.56毫米，淨重7.3磅，三十發彈匣，可作半自動或全自動發射，速率每分鐘七百五十發，子彈初速為每秒3018呎，為飛虎隊員提供中長距火力支援。

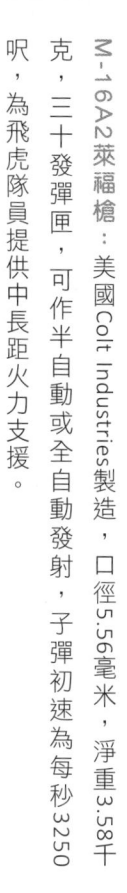

V 霰彈槍

雷明登M-870型霰彈槍：12機柱口徑，可裝彈五或七發，可因應不同需要使用不同用途的子彈。它具備把穿透式催淚彈射進屋內的功能，又可使用破門彈（Hatton Round）——這是一種專門把門鎖和門栓轟開的武器，有助攻擊隊員迅速破門入屋。它能輕易將穿住避彈衣的敵人擊斃，分別有長桿和短桿的型號，配合不同用途的彈藥，使戰術得以發揮無限威力。

SPAS-12多用途自動霰彈槍（Special Purpose Automatic Shotgun）：12口徑，與雷明登霰彈槍作用一樣，但可全自動發射，迎合不同戰術的需要。

SPAS-15多用途自動霰彈槍：12口徑，可發射不同類型的戰術子彈，能夠在百多公尺外朝目標單位房屋發射穿透式催淚彈，提供不同的火力支援，是一種集多項優點於一身的武器。外形像CAR-15，雖然可作自動速射，但略嫌此槍較重。

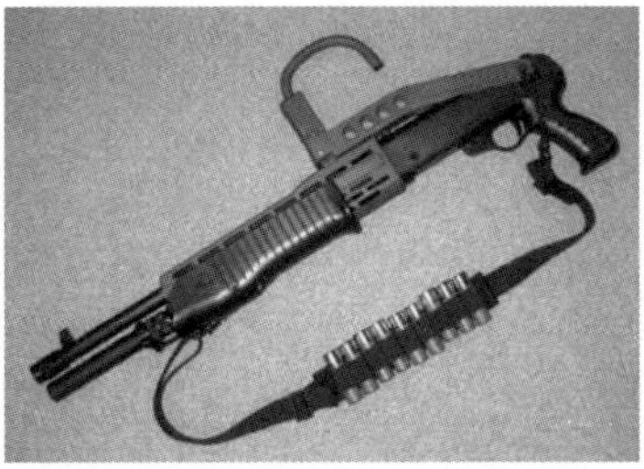

SPAS-12
多用途自動霰彈槍

・霰彈槍的威力和用途

霰彈槍的威力和用途，往往被一般人忽略，以為它只是一種給護衛員押運財物的長槍。其實它是一支多用途的犀利武器，其口徑獨特，是以機柱（Gauge）為口徑號，最廣泛使用的口徑是12機柱（1機柱等於1磅重鉛球的直徑，12機柱等於1/12磅重的鉛球之直徑，約18毫米。）

鳥彈（Birdshot）：彈內藏有過百或數百鉛粒，擴散範圍每1公尺遠，鉛粒擴散約2.5厘米，如此類推。發射後鉛粒群會形成一個擴佈面投射向目標，多用作打獵及防暴用途。香港警察以前採用的Birdshot 2號彈，內有約一百一十五粒鉛粒。

獵鹿彈（Buckshot）：分為000彈、00彈、0彈、1號彈、2號彈、3號彈及4號彈等，數值愈大「鉛珠」彈數愈多。小型獵鹿彈即1至4號，內藏數以十計鉛珠的子彈，適宜在近距離及中距離使用，射擊範圍5至15公尺。大型獵鹿彈即0號至000號，彈內藏有數枚至十數枚鉛珠，適宜在中距離及長距離使用，即15至40公尺左右，能夠貫穿一些硬物，威力比鳥彈及小型獵鹿彈強。香港警察使用的00彈內裝九顆鉛珠，屢建奇功，彷彿同時向目標轟了九槍的威力呢！而配合Chock Barrel收窄槍管使用，可改善彈道，縮少擴散面。

步槍彈（Rifled Slug）：它是一種帶有膛線的特殊彈頭，能在沒有萊福線的槍管內自旋，發射後穩定彈道，具有良好的貫穿能力，威力強勁，射程由15至50公尺（近距離至中距離）。

B.R.I.Slug：跟萊福槍同樣準確，射程達200公尺，適宜在中距離及長距離使用，非常厲害。

穿甲彈（TC Amor-Piercing Slug）：與步槍彈一樣，有強勁的穿甲能力，能夠貫穿大部分避彈衣和輕型裝甲車輛。

爆炸彈（High Explosive Slug）：能夠在100公尺內，投射入屋宇或車輛內，摧毀目標。

破門彈（Hatton Round/Shok-Lock Round）：是在近距離有強大破壞力的獨立彈頭，專門對付門鎖和門栓，輕易將之轟掉，是飛虎隊快速破門入屋的好幫手。

催淚彈（CS Ferret）：能夠在50公尺外穿透1/4寸夾板和玻璃，將催淚氣煙霧送入室內或車廂裏，使人雙目灼痛流淚，吸入後呼吸困難及咳嗽，足以令人喪失抵抗能力，是飛虎隊常用的彈藥。

訊號彈（Flares）：作訊號或照明之用。

燃燒彈（Incendiary）：具高度燃燒性，能夠製造火頭，燒掉房門及摧毀車輛。

空包彈（Blank）：又名粉彈，沒有彈頭，製造巨大聲響，是聲東擊西、引開注意力、令敵人混亂的好幫手。

橡膠彈球（Rubber Ball）：防暴用途，可長距離驅散人羣。是個橡膠球彈，新式的有豆袋彈，只會造成身體瘀傷。

橡膠彈（Rubber SG）：內藏多枚橡膠彈頭，適宜中距離防暴用途。

橡膠鳥彈（Plastic Birdshot）：內藏百多枚橡膠粒，適宜近至中距離防暴用途。

VI 特別彈藥

中空彈（Stopping Round）：攻擊組所用的子彈，是9毫米的中空彈。這種子彈經發射出槍管後，其彈頭的中空部分與空氣磨擦，造成一股阻力氣窩，一旦射入人體，便會不規則的亂竄，引致大量出血，對中槍者造出很大的創傷。同一目標通常只中一至兩槍便會馬上癱瘓，失去活動能力。此外，這種子彈在設計上具特殊功能，進入人體後會自動停留在體內，有效地避免子彈貫穿敵人，誤傷被脅持的人質。

震眩彈（Stun Grenade）：又名盲聾彈、震撼彈或震攝彈。這是一種沒有碎片的炸彈，重約0.24千克（約半磅），英國製造，每枚價值二萬多港元。它並無殺傷力，但當投擲進屋內發生爆炸時，可產生相當於五萬支燭光的閃光和震耳欲聾的巨響，此外還有爆炸的震撼氣流，會令室內的人短暫失明和失去抵抗能力達四十五秒之久。飛虎隊員正好利用這段時間衝進屋內，展開掃蕩敵人及拯救人質的任務。然而，它也是利弊參半的，除了昂貴外，震眩彈在產生強力閃光的同時，亦產生高熱溫度，輕易燃燒附近的易燃物件，引起火災。

手擲式催淚彈：這種催淚彈一旦被擲出引爆後，被點燃並散出的數十枚催淚粒會立即噴發一股刺鼻煙霧，令人眼睛刺痛，不停地流眼水，鼻涕直冒、呼吸困難、皮膚火熱灼痛，難以忍受，頓時失去抵抗力和分析能力，造成莫大滋擾。

失魂彈：一種沒有碎片及能夠發出巨響的小炸彈，形狀像個略大一點的牙簽筒。由英國製造，每枚價值二千港元。有十一個小孔，只要拔掉保險針，投進屋內，在三秒內就能產生十一次轟天巨響（175分貝），將敵人震得失魂落魄，失卻戰鬥力，故名「失魂彈」。

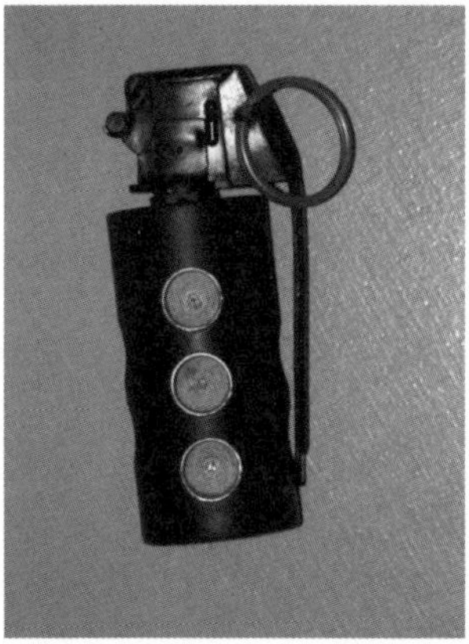

連爆式閃光彈：它可產生幾次閃光和爆炸聲浪，令正在嚴陣以待的對手在防不勝防的剎那間陷入極其驚慄和短暫失明的劣勢之中，飛虎隊員能趁機將之全面攻潰。

塑膠定向炸藥：飛虎隊俗稱它為「豬油膏」，因為可以因應爆破行動的不同需要而將它搓成不同的形狀。其特別之處是未將信管（引爆器）插進塑膠炸藥前，任何碰撞和熱力刺激都無法把它引爆。所以飛虎隊員帶著它接近目標時，既安全又方便，不會構成危險。使用時只需取出適用分量，搓圓壓扁成形，插進信管裝上引線，便能隨時引爆。

CLC線型炸藥：主要是切割用途，炸藥成分較少，爆炸聲浪較細，不易被敵方察覺。

引爆線圈：炸藥成分較少，用於引爆炸藥，或局部小型爆破（如圍繞木門的鎖頭），利於破門入屋。

Thunder Flash炮竹：用於驚嚇敵方或分散注意力。

VII 新加武器

香港警察隊在2017年被德國禁售MP-5系列機槍及零件；2019年黑暴事件，美國以香港人權倒退為由，亦禁售槍械及配件給香港警隊，所以香港警察隊改向西格&紹爾公司購買MPX輕機槍及SIG516萊福槍，代替MP-5及其他自動萊福槍系列。

SIG MPX輕機槍是由西格&紹爾（瑞士）所研製及生產的輕機槍，香港警察使用的是9毫米口徑。與MP-5的外型及操作相近，據説比MP-5更好用。

反恐特勤隊員持 MPX 機槍

SIG516自動步槍是5.56毫米口徑，特警使用的是CQB型號，槍管長10.5英寸。其短桿的槍身設計，特別適合近距離埋身作戰。

AS-50半自動狙擊步槍，由英國精密國際廠所製造，12.7毫米口徑，射程達1.5公里，有強勁的穿甲能力，可以射穿牆壁摧毀躲藏的目標，是飛虎隊殺傷力極強的武器。

SIG 516 自動步槍

AS-50 狙擊步槍
（口徑 12.7 毫米）

避彈衣

穿上避彈衣以後真的能夠刀槍不入嗎？它是由甚麼原料製造而成的？

避彈衣利用多層人造纖維的厚塊，以機器壓縮成高密度的薄質料，再混入其他材料（甚至鋼板和金屬）縫合而成，用以抵禦子彈射擊，保護穿著者的致命部位，保障存活能力。至於能否抵禦任何子彈的射擊，則要視乎避彈衣的級別。

未談避彈衣的級別前，先簡單解釋一下何謂子彈的初速。子彈初速就是子彈經由槍管發射出來，剛離開槍管時的速度，以每秒鐘作單位計算。初速愈高的子彈，其破壞力就愈大。另外，不同的彈頭物料、重量和設計，亦會影響子彈的威力和用途。

Level 1避彈衣：因為材料單薄，所以較為舒適輕便，穿著在衣物內也難被別人察覺，但抵禦力相對較弱。它可以抵禦0.22英寸口徑40 Grain（1 Grain=0.065克，用來計算彈頭之重量）的彈頭、初速每秒1050尺的射擊，以及0.38英寸口徑Special 158 Grain的鉛製彈頭、初速每秒850尺的射擊。應付小口徑的手槍，Level 1已經足夠了。

Level 2A避彈衣：防禦力略為加強，可抵禦密林0.357英寸口徑JSP 158 Grain的子彈、初速每秒1250尺的射擊，及9毫米口徑FMJ 124 Grain的子彈、初速每秒1090尺的射擊。

Level 2避彈衣：可應付密林0.357英寸口徑JSP 158 Grain的子彈、初速每秒1395尺的射擊，及9毫米口徑FMJ 124 Grain的子彈、初速每秒1175尺的射擊。比Level 2A避彈衣略高一級。

Level 3A避彈衣：能抵禦密林0.44英寸口徑240 Grain的子彈，初速每秒1400尺的火力，及應付9毫米口徑FMJ 124 Grain的子彈，初速每秒1400尺的衝擊。其實這個級別的避彈衣，已經有足夠能力抵擋任何手槍的子彈了。

Level 3A Plus避彈衣：可應付9毫米口徑、由小型輕機槍所發射的子彈。不過，這個級別的避彈衣重量超過15磅。穿上兩小時後，會使人肩膊酸痛。

Level 3避彈衣：要在避彈衣前後的中央小袋內添一塊Level 3的DHSP（Dual Hardness Steel Plate）雙重硬鋼片，或Spectra Shield Plate特製護盾，或Ceramic Plate搪瓷盾。它足以抵擋北大西洋公約組織7.62毫米口徑ISO

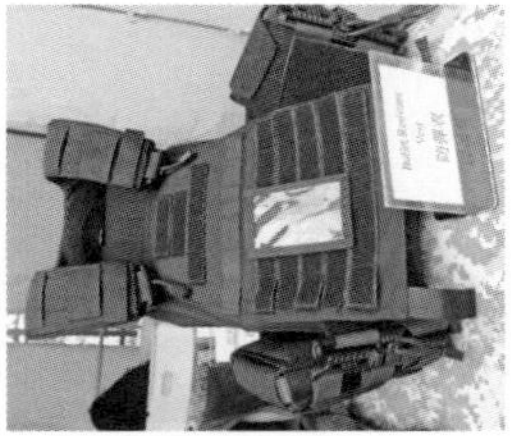

新款避彈衣

新款防彈盾

Grain M-80鋼芯彈頭、初速每秒2750尺的步槍火力。不過每塊保護片，以12寸乘10寸大小的一塊DHSP為例，就重9.5磅；護盾重5.6磅；搪瓷重7.5磅。帶一套Level 3避彈衣附兩塊保護盾，就達廿多磅了，驚人的重量令行動不夠敏捷。

Level 4避彈衣：加上搪瓷盾或DHSP後，可以說是一套無懈可擊的個人裝甲系統，理論上能夠抵擋一切手持槍械的子彈，包括AK-47式步槍之7.62乘39毫米口徑子彈以初速每秒2550尺的掃射。防禦力最強，不過重量亦是最沉重的。

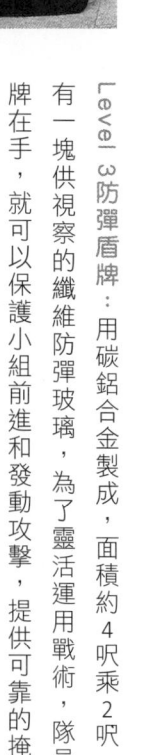

Level 3防彈盾牌：用碳鋁合金製成，面積約4呎乘2呎，近頂位置裝有一塊供視察的纖維防彈玻璃，為了靈活運用戰術，隊員只需要持盾牌在手，就可以保護小組前進和發動攻擊，提供可靠的掩護。

防彈氈：面積約6呎乘4呎，需由四人合力撐起，抵禦爆炸時的碎片和槍戰橫飛的子彈。為免隊員暴露在強大的火力底下，隊虎隊在特別情況下會考慮使用撤臣式裝甲車。

科技日新月異，科技人員正研究以蠶絲和蜘蛛絲作為避彈衣的主要材料，進一步提升保護力及減輕重量。英國正研究液態的新一代個人裝甲系統，遭射擊時即轉成固態，有效抵擋任何子彈武器。

隨身裝備

防彈頭盔：LBA Defender F5及AC-100，約重約1.5公斤，能夠抵禦子彈，兼具防撞擊功能，提供全面性的保護。

Boll'e防爆護目眼罩：有雙層保護風鏡，具防碎片、飛濺液體和霧氣的功能。

護耳罩：在進行爆破和使用震眩彈等武器時，保護聽覺免受損害。

英國S-10型防毒面具：過濾催淚煙霧，具防核子生化污染功能。

防彈戰術背心（Tactical Ballistic Vest）：由飛虎隊自由設計，具Level 3A防彈功能，並且可因應需要加上配件，提升防彈功能。背心可以裝載通訊器、不同彈藥和爆破工具等。

戰術腰帶：可繫上佩槍及槍袋、彈匣袋和防毒面具等。

保護手套、護膝和戰術靴：為隊員提供全面性的保護，使行動無往而不利。

05 火拼時刻

這時耳機傳下命令：「Stand-by──」各人嚴陣以待，緊握自己手上的武器。等一聲「Go」便展開行動，兵貴神速如箭在弦！一髮千鈞，上峰急忙喝令：「Stop！終止行動！」好像百米短跑中選手經已經就位，卻被叫停並終止賽事一般，真不是味兒！拯救人質的快鏡在腦海浮現之際，怎會突然下令剎停呢？

啟德機場脅持人質事件

FN FAL 步槍（英軍稱為 L1A1）

1983年11月1日清晨，飛虎隊隊員的部門專屬傳呼機發出「Call out-（出動）」的訊息，一眾飛虎隊員們分別從睡夢中驚醒過來。近期香港已經沒有械劫大案發生，是次緊急出擊命令事出突然，極不尋常！

值日隊馬上在總部裏，迅速地將武器、彈藥和裝備等搬運上特警專用車輛內，然後直駛往集合地點，跟其他隊員會合，準備出擊行動。

特警們抵達集合點後，在專用車內更換上一身裝備，檢查武器和裝填彈藥，分秒必爭。隊長即時了解情況及分析形勢後，馬上向各隊員作出簡單的行動訓令。原來有兩名隸屬蘇格蘭衛隊（Scots Guards）第一營的駐港英軍，在凌晨2時許於英界文錦渡邊境哨站，因為酒醉打賭的玩笑，竟胡鬧地偷走一輛軍用吉普車（Land Rover），連同一支英軍現役使用的半自動萊福槍及10發子彈後不知所蹤。有同僚稱見兩人渾身酒氣，表示要去灣仔買醉云云。

因為事態嚴重，該部隊主管馬上向駐港皇家憲兵部（Royal Military Police）報告，再由憲兵透過設在香港灣仔軍器廠街的軍警聯絡處，正式通知香港警方。

被盜的萊福槍是當時英國陸軍現役的個人武器FN FAL半自動步槍，英軍稱為L1A1，使用北大西洋公約組織的7.62毫米口徑子彈，射程達600公尺，殺傷力極強。加之兩名失蹤英兵受過嚴格的軍事訓練，消息令警方大為震驚。警察電台隨即將這個資料向各外勤巡邏警務人員發佈。

尤其是灣仔區的人員，因為據可靠消息稱，兩個英兵極大可能前往灣仔酒吧。兩名攜槍出走者已經被列為危險人物，警方指示各個巡邏單位及人員，如果發現目標人物，切勿輕舉妄動，需立即與電台聯絡，提升警覺，高度戒備。

兩名英兵名叫丹士（Downs）和錢伯斯（Chambers），隸屬英國陸軍的蘇格蘭衛隊，蘇格蘭衛隊是精鋭部隊御林軍的其中一支。他們離鄉別井，千里迢迢的來到香港，執行香港防務，及香港（英）與中國邊界的反偷渡任務。（歷史背景：在1997年以前，彈丸之地的香港是英國的殖民地，由英方管理。當時因為中國跟香港兩地經濟和生活的差異，令到中國大陸許多貧瘠的農村居民嚮往香港生活條件的美好，香港是他們夢想中的天堂，於是他們紛紛鋌而走險，越過邊界偷渡，潛入香港謀生，當時此類偷渡行為猖獗。）執行邊境反偷渡的工作，分別由香港警方及駐港英軍負責，要露宿風餐，艱苦而單調，軍旅生涯更是枯燥乏味，容易令人思鄉病發作，借酒消愁。丹士與錢伯斯違規喝酒，於酒精影響下，他們互相打賭和壯膽，擅自離開駐防的文錦渡哨站，開小差到灣仔紅燈區喝酒消遣。醉裏糊里糊塗，大膽妄為不理後果，偷車盜槍違反最重的軍紀，也得快活偷歡去。凌晨4時左右，步履踉蹌的兵哥已經抵達灣仔，便闖進駱克道的一家酒吧買醉。酒吧裏面一個外籍男人見到他倆穿著一身迷彩軍服，好奇地上前搭訕，竟然遭遇醉拳痛毆；另一個華人男子擬作勸交，亦被打傷。酒醉三分醒，酩酊的大兵傷人後亦不敢久留，旋即逃離酒吧，驅車開走。一架隸屬警察港島衝鋒隊的巡邏車，發現了目標車輛，一邊通知上峯，一邊暗中跟蹤。吉普車從灣仔駛向維多利亞公園向東行，踉踉蹌蹌的駛入大坑健華街，警車一路尾隨。大兵逐漸不勝酒力，兼且分辨不清複雜交錯的道路，一下失神，竟然撞到街上的柱躉。雖然兩兵幸運沒受傷，但是吉普車已損毀，無法開動。他們慌不擇路，唯有徒步持槍走到天后廟道。狼狽的大兵就在這個時候發覺有警車跟蹤，丹士慌張地舉起步槍瞄準追兵，嚇得警車車長急煞停車，說時遲那時快，砰的一響，如猛虎悶吼，當堂所有人員亂作一團。可幸的是丹士開火只為阻嚇對方，未有傷人的意圖，所以沒有擊中任何目標。

「Oper Fire!（開火了）」衝鋒車通知上峯遭到槍擊，電台大為緊張，即命令前線人員如非必要，切勿趨近，免生危險。FAL步槍威力強勁，口徑大、射程遠，非當時警用武器可以匹敵。唯有隔遠尾隨，避免冒險成為活動標靶。

傻兵瘋狂奔逃，發難攔途截停一輛貨車，挾持司機開車返回灣仔，再強行趕司機落車，亡命逃走。豈料禍不單行，他們駛到莊士敦道失事撞車，被迫棄車逃跑。街道上草木皆兵，兩人不敢久留，再度截停一輛私家車，扯開司機趕走，登車速逃。妙想天開的傢伙，知道闖下大禍，即打算到機場乘搭飛機躲回英國祖家。兩人慌不擇路，風馳電掣，橫衝直撞，從灣仔直闖紅磡海底隧道過九龍。雖然隧道外已部署有軍警人員，但獲悉英兵曾經開火，為免觸發路面槍戰而傷及無辜，大家按兵不動，任由疾速逃亡的汽車穿過隧道。思想單純的大兵只想去到機場便能登上航機，一走了之。另一邊廂，警方則採取遙距跟蹤，避免引起駁火衝突。

清晨6時許，驚惶失措的兵哥終於抵達香港啟德國際機場，拋棄汽車在機場大樓外，氣沖沖地走入離境大堂。此時辦理行李登記櫃位的職員仍未正式辦工，大堂內的人寥寥可數，地勤人員目睹兩個滿面通紅、全身迷彩軍服兼持有烏黑長槍的洋漢，慌慌忙忙地衝入，已經意識到來者不善，皆爭相走避或躲藏起來。

恰巧一位駐守機場的警員巡經，與醉酒大兵狹路相逢，未及反應即遭丹士用長槍指嚇，並且繳械被劫持了。另一位警署警長見狀欲上前調解，亦遭遇同一命運。兩兵挾持警察便走進禁區，當時裏面約有12名入境處職員及海關關員。驚弓之鳥的醉兵見到一眾穿著制服的人員，馬上緊張起來，丹士扣射兩槍，喝令所有人趴下，再將兩警推進海關的房間內，繼續挾持作人質。他們的粗暴舉動，令各職員不敢作聲，全部趴伏在地板上。頃刻大批頭戴貝雷帽，身穿全套深藍色制服的機場特警（ASU）人員荷槍實彈趕到增援，將禁區外通道團團圍住，建立封鎖線。警方高層知道事態嚴重，馬上啟動機場緊急機制，如臨大敵。考慮到突發事件會威脅到航空交通安全，癱瘓香港對外交通，影響到國際航班升降，警方當機立斷，即時封鎖機場，並召喚警方皇牌飛虎隊出動，務求事件儘快得以解決。

警方一方面派出一位外籍高級警司及一位督察進入禁區內和英兵談判，嘗試用和平方式説服他們釋放人質投降；另一方面飛虎隊指揮小組了解到事件最新進展，取得機場禁區內的間隔圖則，分析形勢，深思熟慮後便準備武力攻堅，殺入禁區的目標位置，拯救人質。迫不得已就格殺鬧事英兵，儘快解決事件。談判進行中，兩名英兵感到饑腸轆轆，就向警方要求提供食物、咖啡和香煙。警方馬上滿足他們要求，令事件短暫緩和，談判專家努力游説，希望可以和平解決今次危機。

另一邊廂，飛虎隊的行動已展開，首先派遣狙擊小組，由狙擊手選擇最佳制高點，使用先進電子器材，如熱能探測器和高倍瞄準鏡等，建立OP（Observation Point）位置，密切監視目標的最近動態，為攻擊隊提供一條或多條安全埋位路線、火力支援，並且切斷敵方退路。一切準備就緒，OP即時向指揮中心報告目標的最新動態，無所遁形。兵貴神速，行動部署展開了序幕。啟德機場西翼上空，出現一架隸屬英國皇家空軍的韋薛斯式升直機，它低飛臨近停機坪附近，只見機艙擲出一條繩纜，全副武裝的飛虎攻擊組人員，頭戴防彈頭盔，一身深藍色工作服，披上避彈背心和作戰背心，孭住MP-5輕機槍，大腿兩邊繫上半自動手槍和後備子彈匣，威風無比。一個接一個魚貫地手握繩纜，空降式滑落地面，身手敏捷矯健；他們著陸後圍成圓形的防護陣勢，手持機槍，嚴密戒備。待直升機抽頭飛走後，他們即熟練地排成單行前進，彷如靈蛇般以急速的步伐，一個跟隨一個的由停機坪跑向機場大樓，直向禁區範圍，瞬間就在建築物中銷聲匿跡。其實此舉是心理戰術，一則向敵方示威，增加對手心理壓力。此外，成功引開傳媒視線，達聲東擊西之效。其實在此同時，另一支攻擊組隊員已經神不知鬼不覺的安全就位，接近是次行動的心臟位置，並且以純熟的手法，妥當地裝置定向炸藥。負責強攻的人員，腦海即盤算著稍後攻堅作業時的畫面：一小組在外面引爆炸藥，爆炸巨響及氣流會引開英兵的戒備和視線；另一小組就破門投擲閃光震撼彈，藉閃光和爆炸氣流，衝入房間，以輕機槍開火猝射，即時格殺兩人。攻擊組完成部署，以通訊耳機向指揮中心報告：「On Position!（已經就位）」飛虎隊各個組別人員各就各位，屏息以待，氣氛極為緊張，時間似靜止下來，暴風雨臨前的寂靜……這時指揮中心利用通訊器傳下命令：「Stand by-（預備）」各人緊握著自己手上的武器或引爆按鈕。等一聲令下「Go!」，便展開攻堅廝殺行動，如箭在弦！

一髮千鈞，上峰急忙喝令下來：「Stop! 終止行動！」好像百米短跑比賽中，選手全部在起跑線上就位，卻突然被叫停並且終止賽事一樣，真不是味兒！拯救人質的影像在腦海中快鏡頭浮現之際，就此剎停！

原來遭到英兵挾持的警署警長臨危不亂，從對方所做的行為及表現，知道是酒精在作祟，令他們做出如此荒唐愚蠢的行為。於是憑三寸不爛之舌，積極地向醉兵游說，解釋衍生出來的嚴重後果，勸告要懸崖勒馬。還利用警方提供的食物和咖啡，讓兵哥舒緩緊繃的情緒，提神解酒。丹士和錢伯斯逐漸恢復理智和意識，返回了現實世界。他們可以自我分析到此刻形勢處境，每一步都凶險萬分，開始十分懊悔！警長睿智地把握時機，出言安慰，並且善意勸降，終於軟化到他們。丹士願意將武器交給警長，兩人肯向警方投降。危機順利化解，警長立即向外通報英兵投降的消息，再陪同高舉雙手、一臉憔悴和頹喪的兵哥，慢慢步出禁區，向荷槍實彈的警察投降，正式結束這場鬧劇。

少不經事的丘八，造夢也猜不到，若猶豫片刻的話，恐怕已成為飛虎隊的槍下亡魂，成滿佈彈孔的污穢死屍！飛虎隊功成身退，迅速執拾工具和裝備，低調地撤離機場。

兩位大兵被英國陸軍革除軍籍，交到香港法庭審判。雖然丹士因為開槍和持械被判入獄4年，錢伯斯罪名較輕入獄3年，但僥倖逃過一劫，刑滿後可以活著回英國老家。

演練中攻擊隊埋位（示意圖）。

浣紗花園擒悍匪

1984年1月31日上午11時許，中環寶生銀行外停泊了一輛解款車，三名解款員下車，戰戰兢兢地走至車尾，卸下一個解款錢箱。三人分別持雷明登散彈槍，攜帶錢箱準備送進銀行裏去。突然幾名男子像非洲野狗般衝撲過來，持散彈槍的解款員正擬發難時，便感到自己的太陽穴一下冰涼，原來現身的男子都持有手槍，首先用槍按住持槍解款員的額頭，大聲喝令：「打劫，不許動！否則有殺無赔！」説時遲那時快，解款員的長槍被劫匪一手奪走，裝盛過億日元（約四百多萬港元）的錢箱馬上被搶走！

有默契的匪徒得手後即粗暴推低護衛員，喊道：「統統趴在地下！快！」解款員已被嚇得面無人色，在被武力威迫下無奈地就範。五名賊匪提着錢箱前前後後的持着長短槍，以軍事化的隊形迅速撤退，向干諾道中跑去。賊公計，狀元才，他們就地強搶了一輛停在砵甸乍街與干諾道中交界交通燈位的私家車，一手扯開車門揮槍驅趕司機，賊眾急忙登進車廂，隨即風馳電掣向灣仔東面方向逃走。

「各外勤巡邏人員留意，通緝一部奔馳（平治）牌房車，車牌AC3223，與中環寶生銀持械劫案有關……」警察電台馬上跨區通電，追緝在逃悍匪。「留意，車上約有五名中國籍男子，相信持有槍械武器……」警方高度戒備，全力追捕匪徒。

賊人竄逃至北角，將汽車駛進炮台山道一個停車場內，準備化整為零，個別分散逃走。原來他們的行蹤已被警方察覺，四名警員埋伏在該停車場的出口附近，等候增援人員趕來，就採取行動。忽然，賊人們施然步出車場。走在前面的一個機警眼明，發現有警員埋伏，毫不遲疑地拔出手槍，先下手為強，向警察轟了一槍。這一槍敲響戰鐘，警匪雙方紛紛拔出手槍，朝對方據點開火。剎那間槍聲轟然，子彈橫飛。

無情的火網中，一名在停車場工作的女管理員腹部中槍，倒在血泊中。歹徒為求突圍胡亂放槍，造成街頭混亂；反之警察投鼠忌器，生怕誤傷途人，小心瞄準目標才會開槍，成了強烈對比。歹徒且戰且走沿斜路殺出英皇道，增援的警車趕到，匪徒先發制人，毫不猶豫地向警車開火，多槍擊中車身；車廂警察跳車拔槍還擊。警匪槍戰追逐，途人爭相走避，秩序混亂，驚險百出！雙方由英皇道大強街糾纏交鋒至電器道，歹徒為求脫身，不惜以重火力武器四處亂轟，草菅人命，希望能夠阻嚇追兵。兵慌馬亂中，一名女途人走避不及，遭無情的子彈擊中頭部，倒地不起，觸目驚心！警方為免再傷及無辜，被迫克制擎槍待發，不敢步步進迫。

冷血悍匪故技重施，於電器道攔截一輛私家車後，再公然強搶據為己用。警方正欲上前制止，賊人即亂槍四射，又槍傷一名男途人，再急匆匆的擠上車裏駛走。一時間，鬧市內已有多名市民中槍，為免造成更重大傷亡，警方未敢迫近，採取另一套策略，只利用警車啣尾作遙距追蹤，沿途監視。不過窮兇極惡的匪黨駕車潛逃，卻多次停車向後方的警車放冷槍，以阻截跟蹤，終於成功地逃之夭夭。

「特別新聞報告，中區寶生銀行發生解款車劫案，警察追至北角與匪徒鬧市駁火，槍戰造成途人一死三傷……雙方開槍逾百響……」劫案轟動香港，冷血悍匪亂槍殺人的行為令人髮指！警方誓要緝捕他們歸案！

警方全力追緝，嚴守所有出入境關口，全城戒備。

2日5日凌晨2時許，飛虎隊員收到Call-out訊號，在恬睡中被傳呼機的響亮聲吵醒了，掙扎地爬起床。「大年初四啊，竟然出動！」「莫非要去捉寶生銀行劫案的大賊？」

原來在較早前，有一名腿部受槍傷的男子前往醫院的急症室求診，並且向在醫院當值的警員自動投案，自稱有份參與中區寶生銀行的劫案，逃走時跟警方駁火，中槍受傷。因為至今仍未取出彈頭，傷口逐日惡化，除了舉步維艱外，更令他痛不欲生，痛苦難熬，迫不得已唯有投案自首。警方連日來已經偵騎四出，現在正所謂踏破鐵鞋無覓處，得來全不費工夫。現在這件案有突破性的發展，根據自首匪徒的供述，警方火速採取行動，並且召喚飛虎隊助陣，直搗賊匪巢穴，冒求將亡命之徒繩之於法！

兵貴神速，警方連夜部署，大批荷槍實彈及身穿避彈衣的警察，封鎖港島大坑浣紗街33至45號浣紗花園附近一帶，不准車輛閒人進出，如臨大敵，教匪徒插翅難飛。

清晨，一眾飛虎隊員分乘多輛輕型貨車抵達浣紗花園，狙擊手匆匆忙忙下車部署，狙擊長槍都以結他箱作掩飾，行蹤詭祕；攻擊組人員則帶同有關裝備和武器直接進入浣紗花園就位。為免被匪徒察覺，飛虎隊員先用黑膠布將升降機大堂裏閉路電視的鏡頭封掩。

大家事前取得共識，參與攻擊行動的隊員都身穿便服，方便在狹窄的斗室內活動。他們戴上頭盔，穿著避彈衣，外披多用途作戰背心，大腿繫有半自動手槍和彈匣，手持MP-5A3輕機槍和特製散彈槍，浩浩蕩蕩地乘升降機直登二十三樓的目標單位。大批重案組幹探在樓梯間駐有重兵，重重包圍二十二樓和二十三樓兩層，一則防止賊人突圍，二則確保其他居民平靜地留在家中，保障安全。飛虎隊員持槍在走廊兩端戒備和部署，架起防彈氈，嚴陣以待。攻擊人員熟練地從作戰背心取出塑膠定向炸藥（俗稱豬油膏），將它搓成合適的形狀，黏貼在鐵閘的活動較位和大門的門栓處，插入信管，駁上引線，豎起左手大拇指，表示一切準備就緒。

「Stand-by——」隊員們退到安全位置，低下頭瑟縮一團，準備避開爆破產生的氣流。「Go-go-go——」隊員即時按掣引爆，轟隆巨響，沙煙四起，鐵閘和大門都依估計向屋內倒塌。隊員們撐起防彈氈圍堵前進，防止交火時無情的子彈橫飛，危害到外面的人。狙擊隊員即從門口拋擲了一枚震眩彈入屋，一下閃光和巨響驚天動地。兩名隊員率先交叉式衝入單位，互相掩護地攻堅。因為香港的居住環境狹窄，室內單位連大廳和房間大多只有數百平方呎，為免火網重疊（Cross fire），誤傷同僚，所以只派出兩人進屋，其餘緊守外面接應。

屋內光線幽暗，煙霧彌漫，像迷離境界。大廳不見匪蹤，反而一張圓桌上擺放了金表和一疊疊的鈔票。兩人小心翼翼地推進，突然「砰砰」的幾下槍聲，憑子彈劃破空氣的颼颼聲，可以斷定目標正是自己。生死繫於呼吸之間，兩人訓練有素，即按本能立即擊槍扣射還擊。一髮千鈞，子彈迎面擦身而過。後方支援人員愛莫能助，二人唯有咬緊牙關，獨力迎擊冷槍，險象環生！外面同僚見二人夾在惡匪和己方之間，急如熱鍋上的螞蟻，開火支援又怕會誤中戰友，眼巴巴的望著他們在敵人火網中掙扎，進退維谷，氣得咬牙切齒！原來這些大賊未如飛虎所料，全在夢鄉之中。狡猾多詐的傢伙像軍人般手持槍械上床睡覺，而且輪流放哨當值。警方的一舉一動，已被放哨者從閉路電視中一覽無遺，所以對方是有備而戰的。

匪徒分別據守住一左一右兩個房間，從房門伸出手槍向衝入的特警亂轟。幸而匪徒被破門炸藥和震眩彈嚇得膽戰心驚，子彈失卻準繩度，否則飛虎隊員定遭毒手！兩人憑著一股置諸死地而後生的氣慨，決心與歹徒血拼，儘管飲彈殉職，亦要敵人倒下陪葬！夾在敵我中央，處於極凶險的境地，他們紮起丁字馬步狠盯住對方，實行以牙還牙、以彈還彈，逐步逐彈的往後撤。生死關頭，忽然間一人膝蓋劇痛，另一個手部刺痛，明明知道已中槍掛彩，也無暇檢察傷勢，仍專心奮戰。彷彿度日如年，他們好不容易才退出走廊去，由其他隊友補上位置，繼續跟賊人周旋，槍來彈往，子彈橫飛。

賊人堅守兩個睡房負嵎頑抗，受特警的火力牽制，大賊無法探頭來向房外瞄準，子彈如盲頭蒼蠅般亂撲；而警方的子彈又不曉得轉彎，無法射進九十度的睡房門口，雙方膠著成拉鋸戰。飛虎們隨即改變戰術，投擲震眩彈和催淚彈入屋，閃光、爆炸的巨響、衝擊氣流和刺眼攻鼻的煙霧佈滿全屋。雖然震眩彈的威力因被房門阻擋而大打折扣，但是這心理戰能夠打擊和挫減敵人的鋭氣。

時間一分一秒的過去，賊寇終於按捺不住，孤注一擲。身材魁梧、胸口紮住繃帶的首領亂槍狂發，一股蠻勁的衝出來企圖突圍。飛虎隊員看準時機，冷靜地扣射一槍，便擊中他的胸口，迅速將他收拾下來。在羣龍無首的情況底下，餘下三個即無心戀戰，馬上棄械投降。賊寇首領原來在當日北角槍戰時亦中槍受傷，但是仍然兇悍。飛虎隊員一擁而上，粗暴地將賊人制服於地上，統統的扣上手銬，遇有不就範或遲豫者，就毫不留情地拳腳交加，將之教訓一頓。

僥倖地，兩位受傷的飛虎隊員只是膝蓋和手部被子彈擦傷，到場的救護員即時剪破兩位英雄的褲管和衣袖，進行包紮，然後將他們送往醫院。這一場硬仗雙方駁火達六十響，賊寇全部落網，警方凱旋而歸。兩位飛虎隊員出生入死，榮獲警務處長嘉許，獲得實戰的寶貴經驗，成為飛虎隊訓練的良好教材。

忠信表行大劫案

香港警方獲得可靠線報，指有一幫持械賊匪準備行劫尖沙咀忠信表行，警方於是馬上採取行動，派遣重案組三十多名幹探在現場一帶埋伏部署，加以包圍，準備來個甕中捉鱉。

當年忠信表行位於尖沙咀彌敦道46號，便衣幹探在加拿芬道、麼地道、中間道和彌敦道駐重人馬外，連橫街的碧仙桃道、喜來登酒店、國賓酒店和凱悅酒店亦加派人手作Cut-off Group（堵截隊），以防歹徒逃走。他們扮作小販、遊客、路人及的士司機等，嚴密監視佈防，更在表行對面的凱悅酒店內安裝攝錄器材，計劃將擒匪過程全部拍攝下來，作為檔案記錄及日後警察的訓練之用。為了加強實力，參與行動的人員均配備避彈衣和額外六發子彈（當年警務人員出更只有六發子彈）上陣。

1985年5月1日晚上10時30分左右，忠信表行按平日的習慣，準備落閘關門。在附近埋伏監視近整個月的探員，眼看每天都風平浪靜，此刻已開始信心動搖，懷疑線報的可靠性，所以工作態度不免鬆懈。有人打着呵欠，望望手表，只待表行的職員落下鐵閘下班，這一晚便可以收隊。

可是如意算盤無法打響，悍匪們是由慣匪和大圈仔（即從中國內地來港從事非法活動的人士）組成，曾習軍訓且持有火力強勁的半自動手槍和密林手槍。他們早知道有警察埋伏，但仍按計劃強行下手，明知山有虎，偏向虎山行！趁着警務人員疏忽鬆懈的一刻，七名彪形大漢竟從容不迫地邁步接近表行，完全不將警方的部署放在眼內。他們以絲襪蒙頭，一聲不發直闖表行，同時拔出手槍指嚇職員：「打劫！不要亂動！」五人在店內行動，餘下的兩名大漢負責留在門口把風，一個握緊手槍站在馬路中央，喝令街道上的行人走開，另一個則提起大閘的門閂，將它豎起托住大鐵閘，以防大閘滑落下來將他們困在店內。

街道上行人熙來攘往，他們見歹徒的動作囂張，以為是電影公司在拍電影，竟然沒有人散開，甚至有人駐足觀看。警方設在對面店內的指揮中心，此刻才驚覺勢色不對，於是馬上用通訊器傳令所有埋伏的探員緊急戒備，隨時採取行動。

那邊廂，進入店內的賊人已高舉鐵鎚，手起鎚落，揮向玻璃飾櫃。隆然一響，意外地飾櫃玻璃未有應聲破碎，只是出現一個凹陷的花痕而已。惡賊繼續拼命地連環敲擊飾櫃，但仍徒勞無功。惱羞成怒下，他居然不顧後果，擎起手槍便對住飾櫃狠扣一槍，嚇得職員們驚叫失色，慌忙躲避。這時候，街道上圍觀的行人才如夢初醒，連忙爭相走避，頓時引起一片混亂。

這一響槍聲正好成為警方行動的訊號，埋伏於四周的幹探們此刻皆手按佩槍，如箭在弦。一場警匪大戰勢必一觸即發，附近的空氣彷彿凝住了。

一名便衣警長率先拔出佩槍，上前叫陣：「警察，不許動！」但站在飾櫃前面的一名匪徒不予理會，企圖抬起手槍向警長開火。警長眼明手快，立即扣射一槍，來個先發制人。子彈準確命中這名匪徒的胸口，強勁的火力打得他急退數步，眼見這傢伙非死即傷了。

出乎意料之外，他跌勢停止後稍定神便迅速還手，舉槍回敬警長一槍。這枚子彈不偏不倚地擊中避彈衣未盡擋護得及的腋下部分，令警長當場淌血倒地。幹探們都錯愕非常，賊匪竟然有備而來，穿着避彈衣犯案。大家都拔出手槍瞄準對方開火，一時間槍聲卜卜。

悍匪明明知道已經中伏，還是異常鎮定，取出旅行袋逼令職員打開飾櫃，翻身跳越飾櫃，任意搜掠。警方雖然在人數上佔優，但是一交手便折下一人，加上顧慮到途人和店員的安全，不敢貿然搶攻。反之，兩名在舖外把風的賊匪肆無忌憚地開槍，氣燄囂張。

這時，一輛由探員偽裝司機和乘客的的士駛至彌敦道，車廂內三名探員馬上加入戰團，拔槍迎敵，卻因缺乏火力掩護，完全暴露在敵方的火網之中。悍匪無情地亂槍狂轟，令的士擋風玻璃盡碎，車身滿佈彈痕，三人皆浴血車廂內。其他探員陣腳大亂，遇上如此勁敵，難免被對方的氣勢嚇得慌張起來。他們開槍全無組織，各自為政，令火力大打折扣；而且平日缺乏實戰經驗和戰術訓練，生死火拼中難免膽怯避戰，甚至胡亂扣射，以致彈多虛發，居然沒有一槍命中。

相反，賊匪槍法奇準，兵賊人數懸殊，賊方仍能採取主動，火力壓制住警方。大敵當前，部分探員後悔沒有要求飛虎隊助陣，弄得如此狼狽，耗完十二發子彈後，便匿藏據點不敢抬頭，生怕被賊人擊中。其餘還有彈藥在手的警察艱苦地撐下去，但卻無法挽回敗局，只好盡力減少受傷。

賊匪奪得一批名貴手表後揹着滿載的旅行袋，以槍脅持店員為他們開路，殺出店外。警方見對方脅持人質，不敢貿然開槍。兩名把風的悍匪馬上歸隊，一夥賊人浩浩蕩蕩的走向一部客貨車，邊走邊朝警方據點射擊。客貨車尾門位置埋伏有一名外籍督察和一名探員，兩人還毫不知曉該輛是賊車，據守那處跟歹徒駁火。狡猾的賊人計算住兩人開了二十三槍，彈藥已幾近耗盡，再難還擊，為免警方援兵殺到，夜長夢多，於是推開人質，一起快步直奔向客貨車。

耗盡彈藥的探員見狀，只好硬着頭皮，趕忙來個滾地花式，迅速翻離賊車。賊人彷彿在射擊活動靶一樣朝他開火，多槍命中，將他打至遍體鱗傷，倒臥路旁。幸賴他身穿避彈衣，才僥倖保住性命。這時，外籍督察藉同僚引開敵人注意，即閃身退至隱蔽之處，伺機行事。

眾賊登上客貨車，剛關妥車門，外籍督察即從車身右邊的窗外，伸槍近距離朝車廂內轟了一槍，將僅餘的一發用完。車廂傳出一聲慘號，冷槍果然湊效啊！外籍督察偷襲得手，火速滾地翻身逃至馬路中央。賊車隨即作出反應，數支手槍伸出車廂，瞄準這位外籍督察瘋狂射擊，多彈命中，打得他渾身傷痕。

這刻匪黨的首領怒氣沖沖，目露兇光的跳下車，握住一柄半自動手槍，跑到剛剛爬起來的外籍督察身邊，用槍嘴按住他的頭顱，露出一副猙獰的嘴臉，彷彿要充當執行死刑的劊子手。大難臨頭，只見外籍督察臉露惶恐，在求生本能的驅使下，他高舉雙手，跪地向對方求饒，哀求對方手下留情，放自己一條生路。賊頭洋洋得意，把手槍玩弄片刻，便逕自扣動扳機，要結束對方性命。不料只聽到「啪」的一聲，原來子彈已用罄了。賊頭忙折返客貨車，外籍督察頓時如釋重負，以為逃過大限，殊不知賊頭折回車子，不過是另取一支手槍來。

惡賊再次用槍按住外籍督察的頭蓋，猙獰冷笑，彷彿在說：「這回你要完蛋了！」性命攸關，外籍督察不停地耍手求饒，面孔扭曲的哀求。但想到冷血悍匪怎肯放過自己呢？惟有閉目等候歸天。「啪」的一聲，手槍同樣沒有射出子彈。賊頭再沒法逗留下來，連忙跳回車上，命司機驅車，高速撞向外籍督察，誓要把他置諸死地才肯罷休。電光火石間，外籍督察迸出僅餘的力氣，閃身避開了，多番死裏逃生，確夠幸運。匪黨意識到警方支援馬上趕到，不敢久留，賊車風馳電掣，絕塵而去。

這一幕鬧市激烈槍戰，警方估計開槍六十發，而匪方亦射出四十餘槍，現場彈痕纍纍，共有七名探員和兩名途人受傷，表行損失價值七十多萬的名貴手表。社會譁然，猛烈抨擊警方部署失當，為何不動用飛虎隊？更嚴厲指摘悍匪冷血、目無法紀，竟敢公然破壞和挑戰本港治安。香港警方備受各方面的壓力，偵騎四出，誓要將涉案的亡命悍匪拘捕歸案，挽回聲譽，一雪前恥。劫案過程都被拍成錄影帶，分送到多個部門研究，飛虎隊是其中一個。

身為警方皇牌的飛虎隊十分重視此劫案，隊員們看過錄影帶後，得到兩個結論：首先是警員訓練不足，缺乏戰術性的鍛鍊，致使實戰中表現差勁，槍法奇劣。反之賊黨一眾頭腦冷靜，對於槍械和戰術的運用皆比警察強，好像職業球隊跟業餘人士組成的球隊比賽般，強弱立判。此外，匪方使用的槍械是密林手槍和自動手槍，比短桿偵探左輪的火力強勁得多。賊人刻意挑戰警方，視法紀如無物，警察高層已給指引，特警隊奉命隨時出動參與追捕，必要時對悍匪格殺勿論，以挽回市民對警方的信心。

警方雷厲偵查，卻發覺匪徒竟然消聲匿跡躲藏起來，連帶賊贓亦無影無蹤，大概風聲緊得要命，逼得賊人暫避風頭。警方連月來明查暗訪，賊黨成員的身分呼之欲出，首領名為陳虎鉅，領的是湖南大圈集團。為了儘早破案，警方廣佈線眼，多次直搗懷疑賊巢，卻徒勞無功。

直至同年9月22日下午2時，元朗錦上路錦崗花園一個單位突然冒出大量濃煙，附近村民以為火災，馬上報警求助。接報到場的警員趕到調查起火因由，只見兩名男子從火警單位匆匆離開，警員上前欲向他們查問的時候，其中一名男子卻亮出手槍，二話不說便向警員連開兩槍，乘亂跑上一輛灰色私家車，往錦上路方向逃走。警員被人槍擊，嚇得目瞪口呆，可幸是沒有中彈受傷。消防車亦接報到場，瞬即將火勢撲熄。警方在起火的單位內找到一具燒焦的男性屍體，警方封鎖現場調查。

大約兩小時後，警方在錦上路近大江浦村附近，發現該輛被通緝的灰色私家車，但涉案的兩名男子早已不知所蹤。警方估計他們已轉乘其他車輛逃走，於是在各個主要公路上設置多個路障，截查可疑車輛。

下午6時30分，一個設在獅子山隧道公路往九龍方向的路障內，警員揮手正要把一輛駛近的私家車截停檢查，該車竟然不依指示，突然加速衝越路障，車上更有人亮出手槍向警察鳴放一槍。路障警員緊張起來，隨即以通訊器向電台報告，說出車輛的顏色、廠名和車牌編號，及該車正從獅子山隧道往九龍方向逃去。正當警方在九龍的隧道出口路線高度戒備時，狡猾的傢伙竟然在駛過隧道收費亭之際，突然扭軚穿越缺口，翻過另一端的行車線，轉向新界那邊飛馳，眨眼間，即失去影蹤。

後來證實，錦崗花園火場的男屍頭部有三個彈孔，估計該場火警是人為造成的，意圖毀屍滅跡，而且和忠信表行劫案有關。警方根據證據推斷，忠信劫案中被外籍督察擊中的一名匪徒，已經傷重死亡，被埋屍荒野。而匪黨因要躲避風聲，無法放出手上賊贓，致使內鬨互相殘殺。其實，警方連月來已得到多番線報，有真有假。燒屍案正好暴露出賊黨的行蹤，於是警方抽絲剝繭地分析資料，憑蛛絲馬跡縮窄追查的範圍，令案情有突破性的發展，偵緝人員無不興奮過來。

9月24日凌晨，大批警察荷槍實彈出動，掩至港島跑馬地成和道一帶迅速部署。現場氣氛緊張，警員皆穿上避彈衣，將附近道路封鎖，戰雲密佈。未幾，多輛中型客貨車和吉普車抵達，越過封鎖網停下，全副武裝的飛虎隊員，一身深藍色工作服，穿上避彈衣，外披作戰背心，面蒙頭，手持多款槍械，如MP-5輕機槍、SPAS-15霰彈槍、雷明登霰彈槍和狙擊步槍等，魚貫從車輛中走出，身手敏捷地作出部署。狙擊組人員靜悄悄地在藍塘道和景光街隱蔽處埋伏，迅速架起配備光學瞄準器的狙擊萊福槍，向目標單位瞄準。「Sniper on position（狙擊手已就位）」—此刻成和道24號四樓的一個單位毫無動靜，靜得令人難以置信。

時間一分一秒地消逝，至凌晨4時許，飛虎隊的攻擊組已經部署完畢。他們小心翼翼地閃入大廈裏面，無聲無息地登上四樓，在目標單位外安裝塑膠定向炸藥，駁妥信管及引線。攻擊手們握着輕機槍和霰彈槍，準備和忠信劫案的惡賊交火。攻擊手心想，若果賊人反抗拒捕，就用霰彈槍特製的單發彈頭（Slug）一轟，便能貫穿賊人的避彈衣了。正當飛虎隊員等得按捺不住的時候，耳機傳來準備行動的命令：

「Stand-by——」

「Sections，Go-go-go——」行動立即展開，攻擊組隊員毫不遲疑，馬上引爆定向炸藥，鐵閘和大門緊隨爆破巨響應聲朝屋內倒塌下來。霎時間，飛沙走石，塵埃四起。同一時間，狙擊組人員在藍塘道和景光街的據點配合行動，以霰彈槍械施放穿透式催淚彈，射向賊巢。幾度彈頭劃破長空，轟向該單位去，穿破玻璃窗射進屋裏。槍聲卜卜，此起彼落。剎那間，賊巢籠罩著濃烈刺眼的催淚煙霧。戴住防毒面具的攻擊手朝屋裏投擲多枚震眩彈，強烈的閃光和爆炸聲不絕的爆發，使歹徒招架不住。

兵貴神速，飛虎攻擊手殺入室內，用大鐵鎚擊開睡房木門。歹徒在矇矓中被刺眼辣臉的氣體弄得眼水鼻涕齊流，咳嗽不已，驚訝間遭煞星們用槍指住，喝令：「不許動！趴到地上，雙手攤大……」飛虎隊員迅速地給賊匪扣上塑膠手銬，繼而在廁所和廚房裏搜索，廚房中有一名男子想逃走，但馬上被制服，按到地上鎖下來。

警方在現場拘捕七名男子，起出三支手槍及忠信表行被劫的九成失物，將大賊一網成擒，成功為警方挽回面子，令市民對警察回復信心。賊巢內還有監聽警方通話機的通訊器材，幸而這班歹徒不將警察放在眼內，否則預早知道警方部署的話，必定持械突圍，那麼行動就沒法如此順利地進行。

忠信表行
WATCH COMPANY

童軍山大檢閱

1992年3月12日傍晚7時10分，港島東區警察特別職務隊的一名便衣警長帶領兩名便衣警員，在柴灣榮華戲院附近監視，準備掃蕩區內黃賭毒一類的罪案。忽然，他們發現有三名年齡介乎二十至三十歲的中國男子，其中兩人穿著西裝，一個穿著白色外套，形跡可疑。警長於是向手下打個眼色，大家取得默契，即尾隨住三個可疑人物。當跟蹤至柴灣道匯豐銀行分行時，警長認為時機成熟，便率領警員上前把三人截停。警長表露身分後查問疑人：「你們要去甚麼地方？出示你們的身分證。」

突然，有一名疑犯發難撲向警長施以襲擊，抗拒檢查，雙方肢體發生激烈衝突，雙雙跌在地上。情況急轉直下，倒地男子竟然迅速地從懷中拔出一支半自動手槍，近距離的指着警長的頭部。警長頓時停止一切動作，靜觀其變。另一邊廂，兩名警員目睹警長身陷險境，遂放棄看守其他疑人，馬上抽身衝向持槍者，為上級解困。對方見狀，絕不遲疑，反手就連發兩槍，一髮千鈞，警員閃避及時，幸運地未被擊中，而警長同時趁機會躲開。槍聲卜卜，路人爭相走避，一時間街頭混亂。

三名探員驚魂稍定，連忙拔出佩槍戒備，疑人乘亂逃竄，探員尾隨不捨。當走到柴灣臨時街市橫門時，疑人回身開了一槍，阻止警察的追捕，子彈恰巧打中一位剛從街市步出的女子，她隨即應聲倒地。子彈擊中她右邊膝蓋，沒有傷及要害，算是不幸中的大幸呀！探員追至怡翠苑附近的公園入口時，只發現有兩名疑犯逃進童軍山，另一個行蹤不明，懷疑他走入怡翠苑停車場裏，馬上通知上峰要求增援。

晚上10時40分，約五十名機動部隊（藍帽子）警察到場增援。他們穿著避彈衣，荷槍實彈的，根據三名疑犯的身高、衣著和特徵，包圍童軍山進行大搜捕。翌日凌晨2時，童軍山的草叢中走出兩名和疑犯特徵相同的男子，即被附近搜捕的警察拘捕。查證後正是柴灣道開槍拒捕及槍傷途人的疑犯，兩人更親口承認在昨天下午2時參與中區周大福珠寶金行械劫案，得手後挾贓分頭逃走。這些省港旗兵按照計劃準備到柴灣海傍會合，然後乘搭大飛（高速快艇）由水路潛返中國大陸。但卻因不熟悉香港街道，遲了抵達柴灣，三人迷了路，又巧遇便衣警察截查，以致行蹤敗露。

警方從被捕的匪徒口中獲知，他們的首領葉育生身懷兩支半自動手槍、大量彈藥和殺傷力強大的爆炸品，匿藏在童軍山的草叢內（葉育生原籍惠陽縣淡水鎮，於1978年偷渡抵港，成為香港永久居民。1990年初綽號「鵝頭」的葉育生開始招攬鄉里，策劃和組織省港旗兵來港打劫犯案）。警方考慮到童軍山一帶佔地面積廣闊，內有地盤荒地，兼且雜草叢生，加上賊匪有手槍和爆炸品，為策萬全，遂決定動員飛虎隊來協助圍捕。

清晨時分，飛虎隊的專用傳呼機緊張地響起來，隊員馬上集合歸隊。早上，多輛飛虎隊的大型客貨車和特製吉普越野車相繼抵達柴灣的新翠花園。他們放下狙擊組人員和槍械裝備後，再駛到怡翠苑地下的停車場。訓練有素的隊員，兩三下工夫就快速地設立了飛虎的臨時指揮中心。完成初步的部署後，飛虎隊的行動主管便向現場指揮官伍靖國總警司報到，並諮詢最新形勢。進入新翠花園的狙擊手們登上樓房，靜悄悄地選擇了好幾個位置架起槍械，居高臨下，透過狙擊萊福槍的瞄準器，細心地監視搜索區的動靜，每十分鐘匯報環境狀況，隨時隨地為搜索的同僚提供有效的火力支援，確保行動萬無一失。

上午10時左右，一切都準備就緒，二十多名飛虎隊員一身輕鬆的便服打扮，面罩蒙頭，身穿避彈衣和黑色的多用途作戰背心，穿戴皮手套，攜着標準的個人武器MP-5A3輕機槍，大腿兩側分別繫上白朗寧手槍及後備彈匣，列隊排陣的由怡翠苑的籃球場進入，以六個人為一組。因為植物高兼雜草叢生，容易匿藏，眾人都小心翼翼，步步為營地互相掩護在荒地裏推進，氣氛緊張。狙擊手緊盯著童軍山的一間石屋，以無線電耳機和搜索隊員保持通訊，上下呼應，指示路線讓攻擊組靠近，迅速推進並包圍石屋。

各就各位，隊員一下子便破門入屋了。豈料石屋居然空蕩蕩的，大夥人馬上急撤出屋外，重整旗鼓，再戰戰兢兢地於附近搜索。期間隊員攀高爬低，穿越地盤內未完成的建築物，爬過鐵絲網圍欄，但卻毫無發現。雖然一身便服裝束，但大家也熱得大汗淋漓，於是暫時折返怡翠苑，再重新部署。狙擊手絲毫沒有放鬆，繼續監視場內一切動靜。

10時35分，飛虎隊再由兩頭警犬協助引路，在草叢間列陣，擎槍指住危險區域，再度向石屋方位推進，在樹木橫生的空地作地氈式搜索，不過仍然沒有進展，無功而回。至11時25分，大夥兒再圍住童軍山徹徹底底、上上下下重新搜查一遍，終於在草堆中檢獲兩支手槍、四支自製爆炸信管及少量金飾，便無其他發現了。確定匪徒早已逃之夭夭後，行動至中午結束，宣告收隊。

雖然搜索行動中並無匪徒被拘捕，但是飛虎隊以高姿態執行任務，在電視機熒光幕、報紙和電台廣播等傳播媒體前展露身手、機動能力和優良的武器裝備，無疑是要向猖獗的悍匪展示實力及打擊罪惡的決心，對各界宣告飛虎隊會在未來的滅罪行動中扮演更重要的角色。

「鵝頭」葉育生逃脫後，警方懸紅五十萬元加緊追緝，透過國際刑警要求中國公安部協助。中國公安局馬上派出人員前往惠陽縣淡水鎮，準備追捕葉育生歸案。正當公安直搗其巢穴時，他早就聞風逃竄，人去樓空。公安在樓內撿走葉的近照，發放全國各省加以通緝。四面楚歌的鵝頭逃亡到海南島的三亞市匿藏，暫避鋒頭。三個月後，他偷偷地潛回淡水鎮，找親友籌錢再潛逃往雲南，企圖逃離中國。但全國通緝，風聲鶴唳，他東輾西轉躲逃了十五個月，也無法逃離國境。手上的盤川亦告耗盡，最終折返淡水鎮的老巢。潛伏一段日子後，他以為風聲已過，便又活動起來。公安接獲線報，在1993年9月19日下午2時派出十三名公安幹警，荷槍實彈的攻入一個賭檔裏，拘拿十三人，在盤問偵訊後鵝頭終於落網了。同年10月19日，廣東省公安廳將葉育生及另一名通緝犯押解至中港邊界，正式移交香港警方，將他繩之於法。

砵蘭街麻雀館劫案

華燈初上，五光十色，璀璨的繁燈將香港這顆東方之珠照耀得更美麗動人。夜香港散發出一種誘惑的魅力，吸引愛好找尋另類刺激和工餘消遣的上班一族。旺角是夜生活的一個熱點，是個不夜城，人潮熙來攘往。

1992年5月5日晚上9時50分，位於旺角砵蘭街187至190號的瑞興麻雀耍樂公司內，其門如市，人頭湧湧，熱鬧非常。麻雀館內四十多張枱全部爆滿，找不到座位的雀友，只好在枱邊等候和觀戰，把通道擠得水泄不通。香煙的煙霧瀰漫，打牌聲與人聲鼎沸，好不熱鬧。

突然，五名不速之客從大門闖進來，他們都面罩蒙頭，僅露雙眼，身穿防彈背心，分別手持輕機槍和手槍。竹戰中的客人和旁觀者都將注意力轉移到這五名大漢身上，眾人詫異間都不知所措，正心生百般疑問時，其中兩人分持一支手槍和輕機槍，沿樓梯迅速地直奔上閣樓去。閣樓上耍樂的全是大豪客，賭博金額比地下的一層高出多倍呢。

兩個蒙面漢赴抵閣樓，先向天花鳴放一槍，展示手上的槍械和手榴彈，大聲喝道：「打劫！限你們在一分鐘內將身上所有錢、手表、戒指、頸鍊統統放在麻雀枱上面！」麻雀館內的客人和職員們到了這一刻才如夢初醒，不禁大驚失色，但在槍桿下豈敢不服從，均戰戰兢兢的交出財物。差不多在同一時間，樓下的一夥匪徒亦喝令所有人在一分鐘內把全部財物交出，並命令他們由後門離開。

這個時候，閣樓的一名職員趁着混亂及乘賊人不覺，閃身越窗爬落街外，左腳撞擊得當場甩臼受傷，仍慌忙一跛一拐的逃命。賊人察覺有人逃走了，惱羞成怒，見到一名站在神枱旁的麻雀館職員移動身體，竟然毫不留情地連開兩槍，職員應聲倒地，血灑當場。另一位正在通電話的男士，因未趕及掛線，匪徒就認為他報警，亦無情地把他射傷。一時間，所有人噤若寒蟬，不敢輕舉妄動，紛紛乖乖地交上財物。

接着，閣樓的惡賊找出頭家，逼令他交出櫃面鎖匙，他稍一遲疑，不耐煩的賊人就向他胸口開槍，嚇得在場的人目瞪口呆，人人自危。跟着，賊人怒目質問一個沒有把金頸鍊脫下的男客人：「你為甚麼沒有脫下金鍊？」該人顯得慌亂緊張，口吃地解釋：「我……以為它是……舊的，你……們不會要……」

冷血的劫匪臉露殺機，罵道：「媽的，去死吧！」毫不遲疑向之扣射，他即倒地不起了。悍匪嗜殺成性，凡遇上交出財物猶豫不決者、不合心意者，就送上一槍。麻雀館內多人中槍倒地，被脅持者無不唯命是從，驚慄得面如土色。

賊匪見枱面上交出的財物已經七七八八，便命令一名賭客用他們攜來的旅行袋協助收集。當財物裝滿後，賊匪即刻意製造混亂，開槍驅嚇所有被脅持的人們，令他們爭先恐後地慌忙逃命，紛紛朝後門洶湧狂跑，狼狽不堪。由閣樓樓梯跑下來的更為緊張忙命，你推我擠，有些人如滾地葫蘆般跌落樓梯，弄得傷痕纍纍，亂作一團。兩名匪徒趁機脫下頭罩和避彈衣交給同黨，然後乘混亂挾同部分財物由後門走出，混雜在逃命的人群中，沿後巷向山東街逃去。其餘三人威脅一名館內男職員做人質，準備由正門離去。

一輛隸屬西九龍衝鋒隊的警車剛接報抵達，數名警員持槍快速地埋伏在砵蘭街191號旁邊的公廁附近，一面擎槍監視，一面整理身上的避彈衣。他們剛巧目睹三名悍匪脅持人質步出麻雀館；同時間另外一小隊機動部隊（藍帽子）的增援部隊亦趕到了。賊人見狀，先發制人率先開槍，拉起戰幕。警察即時還以顏色擎槍射擊，以雷明登散彈槍的獵鹿彈轟向匪方，散射出九枚鋼珠，部分打中一名匪徒，他受傷倒地，身上跌了一枚手榴彈出來。其他兩名匪徒急欲脫身突圍，就用輕機槍連珠掃射，並且擲出一枚手榴彈。警察大驚，爭相走避，找地方掩護。火光一閃，轟隆巨響的一聲爆炸，碎片橫飛。

硝煙飄散，隱約見到數名途人受傷流血。呼救聲、警告聲、咆哮聲和尖叫聲四起，市民奔跑逃命，車輛急速開走避免受牽連，街道上一片混亂。悍匪乘機攙扶起受傷的同黨，沿砵蘭街向南逃走。匪徒且戰且走胡亂開槍，企圖製造混亂，擺脫警察的追捕，子彈橫飛。駕車經過砵蘭街的人士，見到街頭的警員荷槍實彈，又傳來爆炸聲和槍聲，為免殃及池魚，紛紛棄車走避。交通因而嚴重擠塞，匪徒無車接應逃走，連前來救援的救護車也沒法駛進來。

三名狼狽的悍匪無法乘搭接應的車輛離開，顯得手忙腳亂，唯有徒步亂竄，沿途不斷放槍，阻擋追兵迫近。當走到山東街交界時，賊匪慌忙間跌掉兩枚手榴彈，異常狼狽。在賊人無暇兼顧下，人質有機可乘，終於脫離魔掌。但他的手臂在遭脅持出麻雀館時，被警匪駁火的流彈打傷，仍然淌血，能夠性命得保已經是不幸中的大幸！

賊匪造夢也想不到警察可以這麼快的趕達現場，完全打亂了陣腳，兼且對方死纏爛打，用機關槍掃射，又拋手榴彈，並且啣尾窮追。既急且怒的匪徒被逼走入橫巷，跑出豉油街去。恰巧一輛因警匪槍戰而驚急煞停的私家車正正擋住賊人的前路，大賊遷怒於司機，伸手對準男司機近距離開槍，子彈射進其口腔，貫穿頸項，他馬上倒在血泊中。警方目擊悍匪冷血殘暴濫殺無辜，為免傷及更多市民，唯有亦步亦趨的跟在賊人的尾後。

手持輕機槍的匪徒在豉油街近上海街的建築地盤附近，朝追捕而來的警察猛烈地掃射，掩護同黨逃走。直至子彈用光，他一氣之下隨手將輕機槍丟棄在旁，再拔出手槍尾隨黨羽逃走。三名悍匪沿途向迫近的警員放槍，及先後擲出三枚手榴彈以求脫身。當中一枚在奶路臣街熟食市場外爆炸，將一名露宿街頭的男人炸至遍體鱗傷。頓時，街頭變成巷戰戰場，兵慌馬亂，匪徒終於拉遠了跟警察之間的距離，逃到上海街去。適逢一輛行駛中的102路雙層巴士途經此地，賊人急不及待地衝出馬路把巴士截停，並且向車頭擋風玻璃開槍，喝令巴士司機：「快開門！」巴士司機怯於賊人的淫威，被迫開門讓三人登車。車廂的乘容不多，見有人開槍截車，都躲到巴士上層。亡命的搶匪目露凶光，用槍抵住司機的頭殼，喝道：「快開車，向前走！」

司機被嚇得魂驚膽喪，顫慄的回答：「大哥，我……我很驚……」賊人回顧窗外視察有否追兵，揮舞手槍唬嚇命令道：「快開車！」巴士司機為保住性命，無奈地依從。賊匪在車廂內得到片刻喘息的機會，就為彈匣裝填彈藥，以應付追兵。

數名便衣探員不動聲色登上一部的士，靜悄悄地尾隨跟蹤。巴士一直沿住上海街朝深水埗方向行駛，狡猾多詐的賊匪發現被的士跟蹤，猛然向載着探員的的士開槍，將追兵暫時擊退。賊人有感巴士的速度慢，遂在欽州街與荔枝角道交界匆匆落車，命令巴士繼續前進，再截停一輛的士，以武力威脅司機開車，向深水埗碼頭方向逃走。鍥而不捨的便衣探員隔遠追蹤，可惜因為距離太遠和天色黑暗而失去賊人蹤跡，於是馬上向上峰報告最新狀況。

警方一度懷疑賊人潛逃到深水埗碼頭旁邊的地盤內，於是通知水警單位支援，並且知會飛虎隊戒備，隨時加入行動；另一方面調動大批機動部隊到場，如臨大敵，將碼頭一帶重重包圍，實行大圍捕。水警輪抵達深水埗海岸，使用強力探射燈搜索，明亮的光柱在地盤位置內擺動，形勢緊張。因為天色太黑，若果強行摸黑搜捕的話異常冒險，恐怕會造成重大的傷亡，因此決定天色明朗後才採取行動。水警輪繼續守住水路，不讓匪徒借水潛逃；陸路亦被警方封鎖，暫且按兵不動。

瑞興麻雀館劫案中共造成兩死十九傷，現場恍如戰場，彈痕纍纍、血漬斑斑，並且留下幾枚手榴彈和一支PM-63輕機槍（波蘭製造，口徑9毫米）。冷血悍匪在鬧市中投擲手榴彈和肆意開槍殺人的行為令人髮指，電視、電台和報章傳媒火速報導，一時間全港轟動，成為市民關注的焦點。

清晨時分，手持M16萊福槍和雷明登散彈槍、身穿避彈衣的警察迅速部署，在西九龍行車天橋上佈滿手握長槍的警員，居高臨下，隨時為下面搜索的同僚提供火力支援和監察。準備就緒，執行搜捕行動的警員一字橫排的列陣，朝住一個方向，步步為營地向佈滿野草和棄有雜物的未動工地盤緩慢推進，劍拔弩張，迎接一場火拼大戰。電視傳媒紛紛從高處拍攝現場，氣氛緊張。

可惜警方的工夫白費了，原來悍匪早已逃之夭夭，乘夜色乘搭的士竄逃往新界去。他們沿青山公路到深井，先落下兩人，然後直開往元朗。至清晨7時左右，最後一個腳部受傷的匪徒在元朗豐年路與豐樂里交界下車，釋放司機並讓他駕車離去。司機隨即駛到隔鄰的元朗警署報案，吐露出匪徒的行蹤。

元朗警署接報後不敢怠慢，馬上派出一隊便衣探員前往豐年路一帶明查暗訪。終於獲悉一名左腳受傷、住在豐樂里康城洋樓十六樓的男住客，今晨一跛一拐的返回住所，並向碰面的街坊自稱交通意外受傷云云。探員立即通知高層，急召大隊機動部隊的警員出動，和聯絡正在候命的飛虎隊出擊。

至下午1時，警方部署完畢。過百名藍帽子警員封鎖了整條豐年路與豐樂里，還封閉了教育路一段，不准任何車輛進出。警方還請路旁的店舖拉下捲閘，暫停營業；更通知封鎖範圍的大廈管理員，請他們轉告各單位的住客逗留在家中，為安全計切勿外出。高度戒備、穿著避彈衣及握有長槍的警員，在街上向可疑男子擎槍，喝令搜查。警方同時派出警員登上康城洋樓，逐層駐守站崗，吩咐住客切勿外出。為慎重保險計，更暗中緊急疏散十五樓和十六樓的住客及附近一間學校的師生，免得一旦警匪駁火，禍及無辜。

元朗球場登機

一切準備就緒，大戰一觸即發。

下午2時，飛虎隊分乘多部不同型號的車輛抵達元朗警署。了解現場形勢和訓令完畢後，全副武裝兼陣容強大的飛虎隊就浩浩蕩蕩，即時由警署步行出發，恍如示威巡遊，向匪黨宣戰，直撲隔鄰的目標。狙擊隊率先就位，另一隊負責封鎖賊人的所有逃走路線，令之插翅難飛。攻擊隊直上康城洋樓十六樓，展開攻擊行動。

「Stand-by——Go-go-go——」攻擊隊迅雷疾風式破門而入，竟然撲了個空。匪徒早已溜走，人去樓空。現場遺下染有血漬的衣物和旅行袋，袋內有數千元現金、籌碼、銀包、手表金飾及麻雀館職員證，肯定是劫案中的部分贓物，可見匪徒在逃跑時異常匆忙。

飛虎隊撤出大廈，現場轉交有組織罪案及三合會調查科繼續追查。飛虎隊撤返警署，一小隊走到元朗運動場，另有任務。頃刻，一架隸屬皇家空軍的韋薛斯式直升機從天而降，螺旋槳刮起大風，飛虎小隊單行的跑上機艙，隨即往深井及青山公路沿線上空監察。可惜沒有收穫，又折返基地去。雖然無功而回，但是空羣而出的震攝力，說明警方打擊罪惡的決心！

天網恢恢，警方在遭騎劫的巴士上搜證，找到一個手提電話。它一直無人認領，故懷疑是匪徒遺下的，於是警方全力追查物主。五天後，警方憑著手提電話的資料線索，在羅湖拘捕一名正擬出境的姓鍾男子，他涉嫌為賊人安排交通工具。再按圖索驥，警方懸紅五十萬元追緝潛入中國內地的匪徒，免得他們逍遙法外。

重獎之下，再加上中國公安部全力合作和協助追緝，未幾，賊黨終於全數落網就擒。

驚天動地廣州樓

位於荃景圍的荃灣中心，共有八幢住宅大廈，分別是廣州樓、桂林樓、安徽樓、重慶樓、南京樓、上海樓、天津樓和北京樓。它給當年參與廣州樓一役的飛虎隊員留下難以忘卻的驚駭回憶，及不能淡化的傷痕。

1992年12月1日凌晨3時左右，三個警方的監視點（Observation Point）分別回報，廣州樓23樓的目標單位之燈光熄滅，而且沉寂了一段很長的時間。雖然狡猾的賊匪拉上窗簾，但是警方估計匪徒已經熟睡，認為時機成熟，遂正式採取行動。根據情報，警方獲知一幫匪徒約六至八個人，持有軍火槍械，正準備做「大買賣」，所以不敢怠慢，召喚飛虎隊候命。是次行動所動員的警力人數，可謂空前絕後，雷霆攻擊正蓄勢待發。

攻擊隊全副武裝，攜同防彈盾牌、電鋸和鐵筆鐵鎚等破門工具，直登廣州樓23樓的目標單位外就位。飛虎隊員聯同訓練隊（C隊）的支援隊伍分別嚴守各個據點，分佈在附近七座大廈的地下及平台，佈下天羅地網，使匪徒插翅難飛。

一切準備就緒，正擬採取行動，施展速度（Speed）、攻擊力（Aggression）和驚愕（Surprise）的SAS戰術，將匪徒手到擒來。此時高層有指令，不可以違反人權法，貿然攻進民居。他們擔心情報失準，會誤傷良民，所以在進攻前要先作口頭警告。於是隊員拍門叫喊：「警察！立即開門投降！」一連拍叫多次，但裏面毫無反應，攻擊隊立即啟動電鋸把鐵閘急急鋸開。突然，隊員敏銳的聽覺認出屋內有「咔嚓」的槍械上膛聲音，連忙本能反應地移開身體。說時遲那時快，緊接而來的是一輪機關槍掃射。

子彈連珠爆發，從屋內貫穿木門激射出來，霎時間子彈和木屑橫飛，觸目驚心。攻擊隊隨即開火還擊，雙方就隔住一扇木門，讓子彈飛射穿梭，槍來彈往，激烈駁火。根據匪徒在門上造成的彈孔推斷，他們用的正是AK-47步槍。槍林彈雨、兵慌馬亂，正好形容這一刻的環境。

大戰的序幕剛拉開，木門已被子彈掃射得百孔千瘡了。未幾，攻擊手趁裏頭火力銳減，大概是更換彈匣的時候，馬上用霰彈槍發射破門彈，瞄準門鎖處轟擊，鎖頭應聲而破，木門即時開了，剎那間默契純熟的另一位攻擊手向內裏投擲震眩彈和摧淚彈。強烈的閃光和震耳欲聾的巨響，彷彿吞噬了整個單位，附近的居民被嘈吵巨響嚇得由睡夢中驚醒，還以為煤氣爆炸呢！戰術炸彈發揮效用，全副武裝的攻擊隊迅速戴上防毒面具，立刻以輕機槍擎指前方，如死神般互相掩護衝進單位內，要殺敵人一個措手不及。

屋內一片漆黑及狼藉，周圍瀰漫催淚煙霧，氣氛沉寂，危機四伏。眼到槍到，攻擊手步步為營地搜索，只見百來呎的大廳空無一人，正準備向房間推進，卻見煙霧模糊中，房門附近有東西在晃動，腦袋尚未及反應，已有兩個檸檬大小的物件擲過來了。它恰巧跌在領前的攻擊手甲的腳前，被甲的左腳踏住。電光火石間，甲可以肯定自己踏住的是枚手榴彈，倘若它在百來呎的空間爆炸的話，威力足以奪去自己和同僚的性命。一瞬間，時間凝住了，他的腦海一片空白，死神在身旁招手。

「死有重於泰山」，這刻甲把生命豁出去了，向同僚大聲發出警告：「Grenade（手榴彈）！」他本能地轉身一百八十度跳伏在地板上，腳底背向手榴彈。其他攻擊手陣腳大亂，爭相走避，非常狼狽。眾人驚呼猛撤後，剩下甲獨自迎接手榴彈的爆炸。時間一秒一秒的溜走，良久，仍未有動靜，莫非它失效了？死亡的恐懼略為紓緩下來，激動的心情稍稍平復。

另一邊廂，匪徒在警察拍門時便攜AK-47步槍上膛，隔住木門往外邊掃射，遭飛虎的MP-5輕機槍反擊，強勁交織的火網令木屑四濺橫飛，迫得他們慌忙退入房間。接下來攻擊組就破門，並投擲震眩彈和摧淚彈，雖然威力澎湃，但匪徒卻僥倖入房躲過了。正當攻擊手乘勢入屋之際，狡猾的匪徒就趁機伸出AK-47步槍偷襲。步槍槍膛的7.62口徑鋼芯彈頭正正是避彈衣的剋星，如果近距離掃射向飛虎隊員，必定會造成極大的傷害，後果嚴重！眼看奸計得逞，槍膛卻在射了一槍後出現卡彈的狀況。千鈞一髮，他們倉猝地從身上取出兩枚手榴彈擲出去了。豈料烏龍得忘記拔去保險針，致使未能引爆榴彈，否則飛虎隊必然傷亡慘重啊！

手榴彈耽誤，房內的悍匪便趁機將床單綑扎成繩纜，綁穩屋內雜物，爬窗竄逃。幾名大漢越窗而出，引起在大廈平台戒備的警員的注意，不停地調動，加強封鎖，引來一片騷動。警方的舉動看在惡賊眼底，令其怒火中燒，憤然往下擲落一枚手榴彈。

正在下面部署的飛虎隊員，見有匪徒攀到大廈外牆，都抬頭注視匪蹤，卻沒有察覺黑暗中有物件空投而下。突然，頭頂轟然巨響，火煙爆炸四射，各人才驚覺凶險。C隊的支援封鎖範圍，頃刻成為另一個戰場；多名警員即告受傷倒地，急需救援。

一名飛虎隊警長事後憶記，當抬頭仰望在外牆竄動逃走的匪徒時，忽然一記行雷似的爆炸閃光，他感到有碎片濺進左眼，即時痛入心肺。隨即有東西由左眼流出來，他用手接着，估計是自己的眼球！警長心知不妙卻仍保持鎮定，評估自己受傷的程度不輕，唯有坐在地上等待救援。但那直透入心的痛楚令他無法忍受，需臥倒地上。駐守平台的警員一面驅散記者，一面照料傷者，大叫大嚷，兵慌馬亂。全部焦點都集中在廣州樓上，警方高度戒備，氣氛緊張。

攻擊隊重組後再次攻入賊巢，小心翼翼地擎槍推進，避免遭到暗算埋伏。破開房門衝入後，他們沒遇上抵抗，只見一男一女身染血跡，瑟縮於角落。飛虎戰士迅速喝令：「趴低！」兩人面色蒼白，舉手求饒：「不要開槍——」攻擊手純熟地趨前按下兩人，扣上塑膠手銬。現場檢獲一支被彈殼卡住的AK-47步槍。「Clear（房間攻克）——」攻擊隊重新部署。

盤問該對被捕男女，證實有四名男匪漏網。攻擊隊加上增援的隊員，兵分兩路分別由天台向下層及由地下朝上層夾攻式逐層搜捕四人。其中一組隊員持防彈盾在27樓走廊發現兩名疑人，攻擊手喝令他們趴到地上，互相掩護上前制服了。不久再發現兩人，他們乍見蒙面煞星殺至，立即棄械舉手投降，廣州樓的局勢已經受到控制。

其後警方發現悍匪槍匣的彈藥已耗光，難怪肯棄械投降。

在此役中喪失左眼的英雄徐志佑警長，堅強地面對多次的矯形手術，裝上義眼，康復後繼續為飛虎隊效力，更晉升為警署警長，成為出色的教官，薪火相傳，為飛虎培育新人。

據知，飛虎隊這次行動是倉猝召集的，故未有先行派出狙擊手掩護進攻，只靠其他單位的三個監察站提供目標之動靜。若根據正常的飛虎隊部署程序，應當先派遣狙擊組埋伏，監視賊巢，提供現場即時的最可靠資料，和火力上的掩護及支持。這個傳聞較貼近事實，正正因為沒有狙擊手埋伏，才令賊人可以攀窗竄逃而無人阻止，甚至開槍和投擲手榴彈。

功成身退

是否過於輕敵？抑或有其他因由呢？事實上，廣州樓附近七幢大廈彼此距離太接近，儘管在緊急情況下徵用民居作為狙擊組的據點，但還是會擾民，並且容易打草驚蛇。利用大廈天台作為狙擊組的據點，瞄準時會造成較大的俯視角度，使狙擊手無法利用槍械腳架承托，製造瞄準上的差誤，稍一失手的話，就會傷及居民，不值得冒險。加之在建築物的頂部，輪廓人形突出暴露，易於被人用肉眼察覺得到，根本不可行。香港居住環境狹窄，對飛虎隊在武器和戰術上發揮，造成限制及制肘，削弱部分的戰鬥力。廣州樓一役是寶貴的一課，前車可鑒，宜多作檢討和改進，方能確保日後的行動任務百戰百勝。

青山警署挾持人質事件

1994年5月2日約下午3時35分，在屯門區的青山警署內突然傳出一下不尋常的槍聲，刺激了各人的神經，引起剎那的寂靜。槍聲是由警署二樓分區助理指揮官（刑事）梁子龍總督察的辦公室裏傳出來的。原來較早前一名駐守於屯門警署的軍裝警長，穿著全套軍裝，氣沖沖來到青山警署。他曾三次進入梁子龍總督察的辦公室，而且關上房門，但其他人卻聽到兩人在裏面有激烈的辯論。

外面的同僚在槍聲傳出後，認為事態不妙，便緊張地拍門查詢，但始終無人應門，並且發現房門被人反鎖。因為事態嚴重，署內警察一方面通知上級，另一方面急忙將警署和附近街道封鎖，及召來救護車和醫療人員到場戒備。考慮到辦公室裏的警務人員持有槍械，為免造成不必要的流血衝突，在場警員沒有採取即時行動，靜觀其變，將之暫定為開槍及挾持事件。

警方同時請來了警察談判專家，以及找來反鎖於房內的警長其兩名任職警察的兒子到場游說。儘管他們苦口婆心地勸籲開門，但卻一直得不到回覆。評估形勢，事情拖得越久就越壞，於是警方向飛虎隊求助，希望儘早可以解決事件。飛虎隊接報後，即攜同有關裝備，駕駛幾輛大型客貨車從基地出發，火速地趕赴現場。

飛虎隊抵達後，隨即向現場的指揮官諮詢及了解事件詳情。然後飛虎隊的警官便向隊員作出簡報，分析現時形勢，採取行動步驟。接着十多名蒙面的飛虎隊員便全副武裝、荷槍實彈的將警署包圍，迅速部署。氣氛急轉直下，槍戰一觸即發。狙擊組的神槍手無聲無息地登上附近的大廈和建築地盤，利用望遠鏡和步槍上的瞄準器從多個角度不斷監視辦公室裏的動靜，直接向指揮中心匯報。

狙擊組隊員透過長距瞄準器，看到房內的軍裝警長多次從窗口向外窺探，而且數度用左輪佩槍指着自己右邊的太陽穴，狀似企圖自殺。他不久又打消念頭，在房內踱來踱去，顯示出他的情緒矛盾和不穩。忽然間，隊員察覺地板上有人躺臥，而且身上染有血跡，第一時間通知現場指揮中心。

警方一直按兵不動，是因為怕武力衝入房救人時，免不了會觸發槍戰，造成流血事件；加上辦公室裏全是現職警務人員，警方希望盡可能和平解決，到最後逼不得已才使用武力。但如今發現有人倒臥地上，而且受傷流血，破門入房救人是刻不容緩的手段了，遂下令飛虎隊採取行動。

飛虎隊火速地包圍目標房間，準備破門入房救人。攻擊組人員各就各位，如箭在弦。今次行動要儘量留下活口，但必要時亦會射殺持槍者。狙擊組的神槍手紛紛握槍瞄準，一方面掩護攻擊組就位，必要時射殺警長；另一方面繼續緊密監察，向外匯報，來個裏應外合。軍裝警長突然放低其左輪佩槍在辦公桌上，倚在牆邊坐下，雙手抱頭，表現懊悔萬分。機不可失，攻擊組立即行動！

「Stand-by——」無線電耳機傳來命令。「Go-go-go——」

一位攻擊隊員手持雷明登M-870型散彈槍，敏捷地走近房門，朝幾個門栓連開三槍，發射的是破門彈（Hatton round）。門栓應聲破毀，木門倒下，其他兩名攻擊隊員閃電般衝入房去。軍裝警長被迅雷不及掩耳的行動嚇得呆若木雞，為保住性命，只好乖乖地高舉雙手投降。

攻擊隊制服沒有反抗的警長後，即將他押解出去，讓在現場戒備的醫療人員為受傷淌血的總督察進行急救。唯傷者心跳、呼吸停止，要插上氣喉施以心肺復甦法，緊急送往醫院搶救。

警方從飛虎隊手上接收了涉嫌開槍傷人的警長，即用兩個紙袋套住他雙手，並且扣上手銬。因為開槍之後，人的雙手會沾有彈藥的火藥痕跡，故用紙袋套住來保護證據。

飛虎隊功成身退，按慣例迅速撤離現場。可惜總督察送抵醫院後，證實已經死亡。而被捕的警長則按程序被檢控。

飛虎客串掃毒

1995年3月8日早上，香港警察毒品調查科（Nacotics Bureau，簡稱NB）的高級警官，親身前往粉嶺警察機動部隊總部，向特別任務連的主管商討出動飛虎隊協助NB執行一項特別的任務。

原來毒品調查科於1994年8月及12月分別在麗港城和藍田兩處地方先後拘捕毒品拆家。經過盤問和進一步深入偵查後，發現是一個新成立的販毒集團在運作。這個集團的高純度毒品是由金三角的地區經中緬邊境，用陸路偷運進中國內地，再由內地從陸路偷運入香港，然後加工出售。毒品調查科人員經過半年追查，並且根據準確線報，抽絲剝繭，終於找出這個集團的秘密製毒工場。

據毒品調查科的警官解釋，他們已查得一清二楚，確定製毒工場的地點所在。它座落於大埔九龍坑村的一幢三層別墅，外面圍起高牆和大鐵閘。因為地處偏僻，平日重門深鎖，若果警方貿然採取行動的話，萬一裏面的毒販察覺到風吹草動，便會即時毀滅證據，及將製成的毒品從馬桶中沖走，令警方撲一個空。如要人贓俱獲，必須以迅雷不及掩耳的速度，快捷神速而有效地直搗黃龍，並儘快控制現場，而且要隨時準備遭受槍械武器的抗拒等等。

特別任務連的主管同意加入行動，並且根據毒品調查科所提供的工場地點和資料，率先派出兩名飛虎隊員穿著便裝，駕駛一輛特製的四輪驅動吉普車前往目標地點，進行詳細的偵察和探路（Recce）。這種特製的吉普車，車頂加裝上一個雙層的堅固平台，上面的一層還可以向前方伸展，直至車頭的上端，並附有支架接駁特別設計的車頭防撞欄，加強了承托能力，是個可供隊員在車頂活動作業的流動平台。吉普車的馬力和扭力強大，可以行走在極崎嶇不平的路面，更能夠攀山越嶺。

兩名隊員駕駛着吉普車，沿公路幹線進入九龍坑村，小心翼翼地接近目標別墅，近距離地刺探虛實。他們發現毒販的防禦鬆懈，竟然沒有派人在附近放哨把風。隊員故意將車停在別墅外逗留，內裏卻毫無反應。別墅外面除了有圍牆和大鐵閘外，可謂不設防呢！要進入別墅，需考慮利用摺梯等工具攀越圍牆，或者使用電剪工具和炸藥等把鐵閘打破。

兩位隊員靜悄悄地環繞別墅周圍細心偵察，而且詳細記錄及拍攝各項要點。從大鐵閘開始，向別墅內推進，記下各個門口位置、鐵閘和木門的質地結構、門鎖的種類和開啟的方法，另外要記錄全部窗門的位置、數量、大小、離地面的高度及玻璃種類、有否裝窗花或窗簾等，還有通往別墅的路線有否障礙物，如籬笆、池塘、矮樹或看守犬隻等。完成偵察任務後，他們便趕回基地覆命。

得來的資料經過研究和分析後，飛虎隊決定派出六名人員，協助執行掃毒任務。毒品調查科召開了行動會議，根據圖片和情報，分工合作、指派任務。六名飛虎隊人員將擔當先鋒，負責開路，破開大門直攻入別墅大屋，其他探員尾隨殺進去，計劃勇破毒巢。

下午4時，毒品調查科聯同飛虎隊及財富調查組（財富調查組隸屬於毒品調查科，專責追查和找出香港或外地毒販從販毒賺來的資產，將這些資產全部凍結，以便政府在他們被定罪後把這些資產全數充公），合共八十人，在大埔九龍坑村周圍部署，目標是村裏面的三層式別墅。六名飛虎隊人員只攜帶輕便裝備和白朗靈半自動手槍，駕駛着一輛特製的吉普車到達別墅的前面，各人迅速拉下頭罩蒙面，行動一觸即發。司機突然踩油門，將車頭對準圍牆大閘，加速直衝過去。

轟隆一聲，吉普車便撞在堅固的大鐵閘上。不出所料，鎖頭因受不住衝擊而損毀，鐵閘應聲而開了，而吉普車的泵把防撞欄只是輕微受損而已。吉普車乘衝擊大閘的餘勢，一直殺進別墅主樓才剎停下來。六人馬上跳離車廂，敏捷地登上車頂平台，再架起長梯，沿梯攀上二樓。他們按預定的方案，以熟練的身手和默契，領頭的一位擊破窗口玻璃，弄開窗門，眾人如貫進入房內。

另一邊，毒品調查科的幹探尾隨吉普車長驅直入，手持破門工具，三兩下功夫就將大門又撬又撞的破開了，大舉攻入別墅。這完美的配合令屋內的毒販完全來不及反應，被警方喝令制服。短短數分鐘的時間，沒有開過一槍，在敵方毫無反抗的情況下，大屋就完完全全的受到警方控制。

毒品調查科的幹探即時在屋內作地氈式搜查，終於從暗格中起出四包被製成方塊磚狀的四號海洛英。現場更找到一座油壓式壓模機，它是由毒販自行設計及製造的，可以將粉狀毒品製成方磚狀。今次行動大捷，成功地粉碎了這個販毒集團，並起出市值五千萬元的毒品和拘捕集團的主腦。飛虎隊功成身退，馬上撤離，讓有關部門繼續深入調查。

酒店智擒省港旗兵

1995年5月9日早上，多架飛虎隊的特別用途車輛，載運隊員和武器裝備，從粉嶺的警察機動部隊總部出發，浩浩蕩蕩地沿吐露港公路經大老山隧道出九龍，車隊途經觀塘道、太子道東、馬頭涌道、馬頭圍道、漆咸道北和加士居道，然後從衛理道轉入京士柏道的空置高級公務員宿舍。這幾幢在小山丘的建築物去年已被政府收回，並於今年2月尾賣給地產發展商，準備拆卸後重建，發展成豪宅項目。不過現時發展商還未拆卸宿舍，所以飛虎隊趁機向有關方面借用，將這裏變成臨時的訓練場地。

空置宿舍內有民居式的房屋間隔：樓梯、走廊和外牆，完全符合了訓練上的需要，能夠讓飛虎隊在靶場以外的地方，作逼真的實景攻房戰術演練。一聲「Stand-by」後，負責爆破的隊員走到大門前，將Det Cord（炸藥引信）弄成一個大圓圈，用膠布緊黏在木門的鎖位，熟練地接上信管引線，隊員做妥後即迅速躲在牆邊等候，各樣都準備就緒。「Go」的一聲，行動宣告展開，隊員馬上按鈕引爆。火光一閃、轟隆一聲，木門便被炸了一個大洞，大門應聲而開。攻擊組人員交叉式衝入單位，槍聲卜卜，殺聲震天，逼真非常。在演習中所使用的彈藥是空包彈（Blank round），是無殺傷力的，所以在單位內開槍不會構成危險。

此外，隊員更在天台上裝置攀登扣、鋼環和繩索等攀登工具，然後沿繩滑下至目標單位。遇有窗門的窗花鐵架阻礙入屋時，隊員就會停留在屋宇外牆的半空中，從作戰背心取出V形Charger切割炸藥，迅速安裝在窗花處，模擬和攻門的一組同時引爆炸藥。攻擊組前後呼應，一邊越窗而入，另一邊從正門攻進，擎住輕機槍、亮起戰術電筒在屋內掃蕩。因為這類民房式的練習場地是可遇不可求的，所以要物盡其用，爭取多些時間進行訓練。原來在上星期開始，他們已經展開一連串的相關訓練，有部分項目還安排在夜間進行。

警察的有組織罪案及三合會調查科（Organised Crime and Triad Bureau，俗稱O記）D隊探員日前接獲線報，得悉一個本地的犯罪集團僱用了兩名來自中國廣東的省港旗兵，潛來香港犯案，於是就展開連串的跟蹤和監視。知道兩名旗兵會於今日下午乘坐大飛快艇從水路偷渡抵港，由接頭人安排入住尖沙咀東部的日航酒店，於是O記的D隊幹探便立即部署，並探知兩名賊人已入住6x1號房間。不過線報顯示賊人隨身帶備槍械和爆炸品，為審慎和安全計便向飛虎隊求助。

當時的飛虎隊主管OC（Officer Commanding）白樂仁警司，正準備將職務移交給候任主管莊文思警司，在這個交接期間接到出擊的任務，白樂仁警司就決定親自率領手下迎戰，順道向莊文思警司詳細解釋飛虎隊的出動程序及工作模式。兩位警司視察飛虎值日隊把武器、彈藥和裝備搬運上大貨車後，便跟隨大隊出發。另一方面，值日隊已聯絡上在京士柏道演習的飛虎人員留在原位等候。

下午4時，兩位警司和車隊抵達京士柏道公務員宿舍，與在上址演習的隊員會合，先了解一下訓練的進度，然後大夥兒休息和整理裝備，等候O記進一步的消息。數名飛虎隊員先赴日航酒店探路，實地了解酒店內外的情況，然後回報商議採取何種戰略。

至傍晚6時30分，一大班身穿便服、攜同武器裝備的蒙面飛虎隊員便乘坐大小型專車抵達酒店。他們手持MP-5輕機槍，迅速部署，先將酒店包圍和封鎖，正式展開行動。警方由酒店的保安主管陪同上樓，並從保安主管手中取得一條可以開啟全層房門的鑰匙（Master key），意圖神不知鬼不覺的暗中開啟6x1號房的的房門，攻其不備。

於是大隊人馬將六樓全層封鎖清場，攻擊隊靜悄悄地就位，在6x1號房外暗中插入鑰匙扭動門把，但卻因為裏面反鎖而未能成功。嚴陣以待的攻擊手，即握着雷明登870型散彈槍瞄準鎖頭，用單發的特製彈頭連轟三響，將鎖頭打致脫離位置，另一人順勢踢開房門，投入一枚震撼彈。閃光加上巨響後，攻擊隊就殺進去。兩名疑犯完全失卻反抗意識，即時被制服和拘捕了。控制局面後，現場和疑犯便馬上交由O記幹探作進一步處理，飛虎隊立刻撤離，功成身退。

經過探員的徹底搜查後，終於在床下搜出兩個旅行袋，內裏藏有五枚各重200克、已裝上信管和引線的土製炸彈，具有高度殺傷力。另外有一支7.62毫米口徑的半自動手槍，已經上膛及裝上有四發子彈的彈匣；還有一枚散彈和一枚7.62毫米口徑的步槍子彈。

這次行動，飛虎隊不費吹灰之力，比練習還要容易，彷彿是一項特別安排的演練呢！

大賊季炳雄落網記

2001年5月22日下午1時左右，兩男一女隸屬九龍城特遣隊的便衣警察，正執行反罪案巡邏，經過窩打老道與太平道交界火車橋下面的時候，發現有四名身材魁梧的男子，三人蓄短頭髮，一人戴上鴨嘴帽，形跡可疑。他們的衣著服飾惹起警員的疑心，憑專業觸覺看出四個人一定內有文章。便衣警員們互打眼色，示意將他們截停搜查。

「喂，我們是警察。你們往哪裏呀？」其中一位警員出示警察委任證，表露身分。

可疑男子即停下來，凝視三名便衣警員，一言不發，當中兩人毫不猶豫地從身上拔出半自動手槍。警員們大吃一驚，正欲拔出佩槍之際，對方已經先發制人，連轟三槍。冷不勝防，最接近對方的男警首當其衝，眉心中槍，血流披面；另外一位男警見狀，即奮不顧身地擋架在女警的前面，結果當場捱了兩發子彈，隨即重傷倒地。

鬧市中突然響起槍聲，途人爭相走避，造成一陣混亂。女警擔心同僚安危，大叫：「撐下去，不要睡！」眼見他傷勢嚴重，淚水失控地湧出來。四個悍匪一下子解除障礙，立即匆匆逃離現場，神色非常鎮定，循染布房街方向逃去，失去蹤影。

警方接報後大為緊張，派出大批荷槍實彈、身穿避彈衣的警察到場增援，除了搶救兩位受傷的同僚外，亦全力追蹤四名悍匪，依據他們逃走的路線進行大規模的搜捕行動。槍擊現場被封鎖調查，蒐集證物。

警方高層對這宗有意圖的槍擊案件大為震怒，將之列入重點專案。核對彈頭坑紋和槍膛萊福線後，鑑證資料顯示這發子彈竟然跟1994年及1998年中環和銅鑼灣珠寶表行械劫案中所檢獲的彈頭吻合，證實是同一支黑星手槍所發射的。根據今次槍擊案中槍警員的描述和其他證據，抽絲剝繭，有理由相信是季炳雄犯罪集團的所為。

2001年6月，旺角始創中心的一家表行被賊人持槍劫走約二百八十萬元的名貴手表，證據直指是季炳雄的打劫集團。估計太平道火車橋下的槍擊案件，跟此案有關連。至此，季炳雄的身分、容貌和牽涉多宗的劫案才告曝光。有組織罪案及三合會調查科（O記）專案追查，並且高調地懸紅共二百萬元，發出全球通緝令，誓要拘捕他歸案。但是狡猾多詐的季炳雄卻在香港消聲匿跡，使幹探們束手無策。

翻查檔案，原來季炳雄在八十年代只是扒手一名，多次失手就擒而進出監獄；後來再度失手，被重判入獄三年。今次在監禁期間，季檢討自己數年來的犯案得失，發覺扒手生涯究竟不是人生的出路，要發達必須做大賊！於是他在獄中設法結識一些搶劫犯和黑社會分子，展開新的路向，這些獄友都成為日後搶劫勾當的拍檔夥伴。出獄後他正式開始糾黨行劫，做大買賣。自1986年至2001年，十七年來他不斷犯案，成為一代大賊。其同黨遭捕獲後都沒有把他供出來，令他得以逍遙法外。直到太平道火車橋下的槍擊案件和始創中心的表行劫案發生，這位隱形大盜的身影才浮現出來。警方將他定為首要打擊目標，偵騎四出追緝。但季處事謹慎狠辣，深居簡出，始終找不得其行蹤，一切苦無頭緒，為之氣結。

季炳雄的案件成膠著狀態，直到2003年8月才出現轉機。因為季炳雄的舊打劫拍檔吳振強刑滿出獄，警方刑事情報科即時派出幹探（狗仔隊）廿四小時跟蹤和監聽吳振強。在鍥而不捨的監視下，終於出現曙光，季炳雄果然和吳振強又走在一起，準備做大買賣。

2003年12月23日晚，飛虎隊傾巢而出，大夥兒火速到紅磡戴亞街的行動基地集合，多輛重型貨車和各種汽車亦到場候命。隊員齊集後由上級做行動訓令，詳細講解地形、形勢、任務、行動部署及其他支援等等。原來目標人物正是大賊季炳雄，眾人心裏興奮莫名，希望成功擒獲他。

24日凌晨，飛虎隊更換上一身裝備，攜同武器工具，大隊人馬浩浩蕩蕩乘坐特警專車，往佐敦道渡船街進發。大軍抵達後即按照行動訓令的安排，各組別迅速就位。狙擊手率先往文景樓對面的文輝樓，找到幾個有利的位置佈防，架起狙擊萊福槍監視目標單位，嚴陣以待。狙擊組相繼埋伏，各項部署迅速展開，逐漸拉起戰幕。

攻擊組隨即進入文景樓，乘升降機到12樓29號外面，兩位隊員在掩護下快捷地在鐵閘上安裝V型金屬切割炸藥，攻擊隊準備破門攻入。因為荃灣廣州樓一役前車可鑒，大家都小心翼翼，步步為營。其他飛虎隊員持槍在文景樓的裏裏外外把守，嚴密封鎖，佈下天羅地網，使賊人插翅難飛。此外，飛虎隊更出動特警的醫療支援小組和飛虎警犬在場戒備，以防萬一。截擊組（Cut-off Group）更攀爬到外牆，在維修的棚架上面戒備，緊密包圍，防止賊人由窗口爬出。

大批記者傳媒蜂擁而至，爭相拍攝。為免殃及池魚，在外圍戒備的飛虎隊就加大封鎖範圍和驅逐越界人士。密鑼緊鼓的部署，大家都打醒十二分精神。「Stand-by——」空氣彷彿凝住了。「Go-go-go——」進攻命令落下，行動展開。

「轟隆——」鐵閘被爆開來，破門手扯倒鐵閘，即手起錘落撞破大門。攻擊隊馬上投擲震撼彈，轟轟隆隆響起，撼天動地，攻擊隊快速地擎槍交叉殺進去。屋內客廳只有沙發、小茶几及摺枱摺椅，空無一人。「客廳Clear！」攻擊手銳不可當，再砸爛房門，見房裏有人，便閃爍MP-5輕機槍的戰術電筒，強烈光線射向一名男子，攻擊手喝令：「不要動！警察！否則開槍！」對方猶豫四分一秒，攻擊手就衝前去一手扯住其手臂，壓制關節，將他摔在地板上，然後扣上塑膠手銬。隊員在床上搜出一支黑星半自動手槍，狠辣的季炳雄料想不到，未來得及反應便遭飛虎隊武力擒住，痛得呱呱大叫。另一個房間差不多同一刻被攻擊隊攻破，發現其同黨吳振強。「All clear！」無線電耳機傳來捷報，目標人物全數就擒。

隨後O記探員進行全屋搜查，起出一支AK-47步槍、兩支雷明登散彈槍、六支黑星半自動手槍、一支點四五曲尺（Colt）手槍、兩枚六七式手榴彈、兩枚前蘇聯製F-1式手榴彈、三枚防一式手榴彈和八百多發各類型口徑的子彈，是三十年來破獲的最大宗軍火案。季炳雄以心狠手辣著稱，遇神殺神，遇佛殺佛，為求脫身會向任何無辜者開槍，殺人不眨眼。想不到碰到精銳的飛虎隊，數秒間就束手就擒，是警方各部門合作的最漂亮一仗！

文景樓起出的軍火及爆炸品

啟晴邨撲朔迷離的槍殺案

九龍啟德啟晴邨樂晴樓的警察封鎖線範圍外，擠滿了許多看熱鬧的市民，及為爭取有利位置而搶先採訪拍攝的傳媒記者們，他們跟封鎖區裏面不停調動和維持秩序的警務人員相映成趣。

大家將目光和焦點都不約而同地凝望住樂晴樓的樓層上，互相議論紛紛。有些觀看過新聞報導的人士，更是道出事件的來龍去脈，言之鑿鑿，一時間萬人空巷，人聲鼎沸。

警察封鎖線其實是由多條藍白相間、印有「警察封鎖」字眼的塑膠帶，其拉扯及綑綁柱位弄出來的區域，警察禁止所有閒雜人等進出。眼底下封鎖線內的警務人員戴上頭盔，荷槍實彈，躲藏在隱蔽和有掩護物的位置，嚴陣以待。

突然，10樓的目標單位有所動靜，一名平頭裝男人身穿紅色衫及黃色長褲，從單位的窗口攀出，探身窗面，左手拉緊窗框，雙腳踏在窗台上，右手持住一支黑色的半自動手槍，伸前向外邊轟了一槍。猝不勝防的舉動令圍觀者嘩然，即時刺激附近部署的警務人員之神經末梢……警務人員馬上大聲喝令圍觀者撤後躲避，自己再縮入掩護地方，免遭流彈擊中。氣氛瞬間推至沸點。市民爭相走避，傳媒躲避之餘仍不忘舉起相機拍攝，快門聲彼起此落，場面混亂。警察慌忙地叫喊：「開槍喇！小心呀！」

目下的平頭男人年屆中年，身材健碩，雙眼炯炯有神，一副凶神惡煞的樣子，唬嚇生人勿近！此君服式古怪，面客露耐人尋味的神情。出人意表，他忽然以指槍嘴指向自己的太陽穴，口中念念有詞，大家猜不透他的身體語言及意圖。目瞪口呆的市民將目光全集中在平頭男身上，彷彿期待下一幕出人意表的狀況。不過，主角現身不到兩分鐘便退回屋內，事件趨於平靜，難道是一場暴風雨降臨的前夕？另一邊廂，警察的特別行動連（飛虎隊）正密鑼緊鼓、靜悄悄地進行部署。

事件的起因要回溯到昨晚11時20分左右（即2014年5月31日晚），原本寧靜的樂晴樓21樓傳來兩個男人的吵架聲，跟著砰的一聲巨響，寂靜了數秒，再響起砰砰兩聲，總共三管；接下來傳出一把憤怒的男人咒罵聲音，空氣中瀰漫著硝煙味道，有點駭人！頃刻，鴉雀無聲，令人心寒的寂靜隨著午夜降臨，竟然是奪魄勾魂的三下槍聲，令居民們不寒而慄！誰也不敢惹禍上身，無有查看究竟的意欲。時間分秒過去，終於有按捺不住者從門隙向外查看。月黑風高，赫然看見電梯大堂的走廊附近，伏臥著一具男子的軀體，地板上有大灘鮮血，非常恐怖！

警察999電台接獲此事報案，不敢怠慢，馬上調動衝鋒隊前往調查。衝鋒隊車警員接報後如臨大敵，在趕赴現場的車程中，已紛紛披上避彈衣，戴上防彈頭盔。眾人手持MP-5A4輕機槍及雷明登散彈，步步為營的登上升降機，先掩護救護人員接近血泊中的男子。救護員先行進行急救，包紮及傷口止血後，火速將男子送往觀塘聯合醫院搶救。男子抵達急症室經過醫生診斷，即宣告死亡。警方初步由死者身上的彈子孔痕跡察覺到，死者至少身中三槍，胸前一槍和背部兩槍；死者估計是遭近距離、行刑式射殺。

因為案件特殊兼案情嚴重，有關方面即時增援並且通知較高級別的警官。警方迅速地調動其他衝鋒隊人員和機動部隊到場，行動中全部荷槍實彈，盡速將樂晴樓整幢封鎖，無特別理由人士，皆不能進出大門，進出者要接受搜身和登記身份。此外，上峯調動大批刑事情報科跟蹤支援隊的幹探到達協助調查。探員率先翻看大廈的閉路電視，重重複複，時而定格時而放大影像，抽絲剝繭，終於追查到疑兇。一時間，全幢樂晴樓滿佈警方的軍裝人員和便衣人員，他們全力地追尋兇徒的下落。形勢嚴峻，在通宵努力地不停追查下，警方得到美好的成果。反覆翻看錄影到閉路電視的畫面，警方發現吻合的時間中有一名平頭裝男子，曾經跟死者同在21樓一起步出升降機，所以鎖定此平頭男子就是疑兇。再仔細翻查其他位置的畫面，警方相信疑兇仍未離開大廈，估計他會是樂晴樓的住客。偵騎四出，查出死者名廖啟忠，43歲，住在樂晴樓，是個冷氣技工。不久，警方有突破性的進展，在10樓的走廊發現有血跡。猜測疑兇極大可能匿藏在10樓的某個單位內，警方馬上加強這處的部署。現場指揮把最新資料通知給有飛虎隊稱號的特別任務連（SDU），他們正趕來啟德的途中。

正當幹探們剛好完成部署之際，恰巧可疑男子在10樓樓層現身，冤家路窄，探員跟平頭男於走廊碰個正著。電光石火間，雙方眼神互相掃望，只見疑人目露兇光，隱藏殺機。探員暗叫不妙，即敏捷地閃身躲進牆角，說時遲那時快，平頭男馬上拔槍，連環扣射兩槍，勾魂使者的催命子彈擊中牆壁；同時間探員亦已拔槍還擊，未有命中。短兵相接，狡猾的槍手就腳底抹油般地逃遁了。慌不擇路，疑兇竟然躲進自己居住的寓所內。至此警方可以鎖定疑兇位置，加強封鎖，重重包圍令疑犯無法逃脫。最新的消息馬上被通知給專程趕於來的飛虎隊。因為為雙方正式駁火，安全慎重考慮，指揮中心決定將10樓上下各三層的住客緊急疏散撤離，預備飛虎隊抵達即可向該處採取武力攻堅。為安全計，全副武裝的警察擴大對樂晴樓的封鎖範圍，不准市民及記者傳媒靠近，並且在樂晴樓每個樓層都派駐警員，確保萬無一失，疑兇插翅難飛！

雷霆出擊的飛虎隊乘坐多款不同的專用客貨車輛，先到達九龍灣香港輔助警察隊總部集合。由飛虎隊指揮官作行動訓令，交待事件始末，分析形勢，分派每人個別任務及執行細節等等。鑒於疑犯有火力強大的手槍，已經槍殺一人，並且向警察及於公眾地方開火，疑犯被定性為極度危險人物，行動指令可以格殺勿論（Shoot to Kill）。隨即大隊人馬離開輔警總部，依據指令和分工驅車前往啟晴邨樂晴樓。為工作上的便利，他們身穿便裝輕服，頭戴新式戰術頭盔，面罩蒙面，外披作戰避彈背心，手握MP-5輕機槍，大腿兩側繫上半自動手槍及後備子彈匣。有些隊員持有電剪、電鋸和撞門鎚等破門工具，速防彈盾牌和飛虎警犬亦隨隊伍一起，以備不時之需，他們浩浩蕩蕩地登上升降機，按訓令被安排到不同位置各就各位。另一組攻擊手帶備繩索及攀登器材抵達13樓1006室對上的備用單位，裝置好繩索，準備將兩位全副武裝的攻擊隊員經游繩滑落降下。主力攻擊隊直接抵達目標單位樓層部署破門，正面執行攻堅任務。外牆兩位攻擊手從13樓窗外沿游繩迅速滑降而下，在11樓簷篷候命，擔任切斷組（Cut off Group）工作，防止兇徒從窗戶逃出，執行擊斃格殺；兼可裏應外合，由窗門攻進單位去。市民在現場或透過電視機螢光幕，可以目睹飛虎隊矯若游龍的身手，一邊欣賞一邊擔心他們的位置完全曝光，大戰一觸即發，緊張氣氛籠罩整個啟德區。當所有人的注意力集中在外牆的攻擊手身上時，10樓單位外面的主力攻擊組已完成破門部署，準備就緒。主力攻擊組三扒兩撥就用電剪將鐵閘剪開，迅速移走，破門鎚正對準門鎖，如箭在弦。「Stand By」通訊器清晰地發出命令，攻擊手各持武器，屏息以待。「Go Go Go!」行動展開……

攻擊破門手瞄準門鎖，把撞門鎚往後一揚，順勢向前大力一拋擊中鎖位，即鬆開把手讓鎚飛撞出去，所有力量集中在撞擊點，轟的一聲，大門連鎖頭應聲而破。在大門向內轟開和撞門鎚著地的一剎間，另一位攻擊手拉開保險針，向屋內投擲一枚連爆式震撼彈及一枚催淚彈，發出刺耳的連環爆炸巨響和強力閃光，驚心動魄！扣人心弦的爆炸氣流，捲動房間的窗簾，透過電視的螢光幕，市民們都能見到閃光後屋內晦暗一片，瀰漫著灰色的煙霧。催淚煙刺激人的雙眼，令皮膚及呼吸系統灼痛，滋擾敵人，將敵人的抵抗能力減少。這一幕同樣令現場人士情緒澎湃，凝住了空氣！此時，11樓簷篷上的兩名攻擊手，矯若游龍地滑降至10樓窗外候命。另一邊廂，正門的攻擊隊已經奪門而入，步步為營，以眼到槍到的陣勢推進。煙霧中只見一名男子倒臥地上，有一灘鮮血。各人不敢怠慢，箭步上前，即踩住男子的持槍手，槍頭指着地上的傢伙。仔細察看下，血泊中的傢伙頭部有傷口，毫無生命跡象。警方證實疑兇即場死亡，估計平頭男在飛虎隊攻入前吞槍自盡。

警方搜索房間再無其他發現。「Clear（安全）」已全面控制局面，危機解除。外牆的攻擊手由窗口攀入單位，與大隊會合。警方在單位內搜出兩支手槍、三個子彈匣及43發子彈。死者（疑兇）手握的槍械，是俗稱黑星的中國製造54式半自動手槍，彈匣裝有8粒子彈；另一支是自製手槍，與35發子彈藏在單位內。

飛虎隊功成身退，單位交由其他部門繼續跟進調查。因為特警隊已多年未有奉召出動，許多新裝備和武器甚少曝光，而且更出動飛虎警犬，所以傳媒甚為注意。記者蜂湧佔據有利位置，守候即將撤離的飛虎隊，希望可以拍攝到珍貴圖片。撤出樂晴樓的飛虎人員，仿佛變成行天橋表演的模特兒，鎂光燈閃爍不停，快門按鈕聲彼起此落。記者甚至不顧交通安全，衝出馬路，堵塞路面。軍裝警察要努力維持秩序，大聲勸籲：「讓開呀！小心車輛！」未幾，訓練有素的特警們魚貫登上不同車輛，絕塵而去。

調查得悉，吞槍死者是現年50歲的釋囚李德仁，殺人動機不明。警方懷疑冷血的他跟被殺的廖啟忠有前嫌，或看同輕的他不順眼，竟然默默起殺念，尾隨廖到樂晴樓借意齟齬，即開槍行兇，行為匪夷所思。其藏有的槍械及彈藥亦耐人尋味。

黑暴事件

2018年2月香港男子陳同佳在臺灣旅行期間，殺害同行女友潘曉穎，並且利用旅行箱將屍體棄於新北市。案件揭發時，陳同佳已經逃回香港，因為證據和案發地點皆不在香港，而臺灣和香港有著司法互助的漏洞，以致香港警方不能用謀殺罪名起訴陳同佳，於是香港政府為填補司法漏洞，和針對此宗命案，推動《逃犯條例》修訂草案，避免香港成為逃犯天堂。修正草案允許香港的犯罪嫌疑人引渡至中國大陸司法管轄區受審，唯有市民擔心觸犯中國法律而身處香港的中國人及外國人被移送至中國大陸受審，香港政府已在多個場合否認這消息。

2019年香港政府計劃本著為潘曉穎申冤而推出《逃犯條例》修訂草案，備受爭議的修例，引起社會上極大迴響，出現大量反對聲音。

2019年6月9日反送中大遊行，引發大規模示威。6月15日林鄭月娥宣告暫緩修訂草案，但遊行示威卻越演越烈，並無停止跡象。民間發起三罷行動：罷工、罷市和罷課，原先是示威行動，卻有人故意阻撓港鐵列車關門，造成交通阻塞，示威者和市民衝突。示威逐漸越來越有組織性，反觀應付示威衝突的警察，在實戰時出現烏龍的場面，如投

速龍小隊的布徽章

威武的速龍小隊

擲手擲式催淚彈時誤中長方形防暴盾，反彈到錯誤方向；利用法德魯槍射催淚彈時，因為戴上防毒面具，彈藥插不入槍膛等。縱火及刑事毀壞港鐵、中資銀行及個別店舖，示威已經被別有用心的人騎劫。7月1日反修例示威者及暴徒更衝擊立法會，攻入立法會大肆破壞，佔據立法會三個小時之久，警察在立法會外施放大量催淚彈後才散去。示威者利用雨傘作掩護，加上假記者、假義務救護員等，有組織性地堵塞交通要道和商業區，破壞交通燈和圍欄，縱火和破壞鐵路設施，叫著「光時」口號，造成多場街頭警察與暴徒巷戰的畫面，嚴重影響經濟和市民正常生活。警署和警察宿舍被示威圍攻，許多警務人員和家屬被起底，在網絡上遭到攻擊：「黑警死全家！」警察每天都疲於奔命，日以繼夜、夜以繼日的工作，默默地承受壓力。

2014年6月成立的特別戰術小隊又名速龍小隊，隸屬香港警務處行動部警察機動部隊總部，是準軍事化的特遣防暴警察，編制為一個排，主要由警察機動部隊總部教官、警察訓練學院教官以及各個特警單位的部分成員組成。速龍小隊一身深藍色制服、輕盈戰術頭盔、小型盾牌，行動迅速，每每衝入瘋狂的示威人群中執行驅散和拘捕行動，將滋事者扣上塑膠索帶撤離。速龍小隊訓練有素，身手矯健，執行鎖定和拘捕目標，專門移除障礙等行動，是示威者忌憚的剋星，使暴徒聞

風喪膽、避之則吉，令警察不再是被動位置。

2019年8月31日香港港鐵太子站發生了示威者與乘客的毆鬥事件，演變成暴力衝突。警察防暴人員和速龍小隊迅速介入，於太子站內和車廂，制服及拘捕多名涉案人士，卻引來警察暴力執法導致被捕人士死亡的謠言。示威者的文宣言之鑿鑿，居然會有人相信，大批滋事者藉此會在每月月底到太子站拜祭及進行哀悼活動，造成多次衝突事件和攻擊旺角警署。滋事者製造大量誣告抵毀警方，甚至傳出羈留中心女犯遭強姦、男犯被毆斃的虛假消息，卻又人云亦云，甚囂塵上。

2019年11月11日示威者發動三罷行動，期間堵塞紅磡海底隧道入口的示威者，逃避警方而進入理工大學校園，繼而佔據大學，和警方對峙，致使日後大批示威人士進入校園並且製造大量燃燒彈，演變成警方包圍香港理工大學。後來滋事者更在11月18日發起「圍魏救趙」行動，在尖沙咀的柯士甸道和彌敦道發生激烈衝突，警方的催淚彈和水炮不停射向示威者；示威者的燃燒彈和磚頭雜物亦不斷地投擲向警方，四處火光熊熊彷如戰場，已經達到暴亂程度。鋭武裝甲車及水炮車亦疲於奔命，眼見及此，警方的精鋭部隊飛虎隊已經奉召出動，派出偵察人員包圍及觀察，卻被香港歷史博物館內職員暴露行蹤。因

為估計理大校園已經收藏有大量燃燒彈和武器，裏面示威人士達千人之多，再加上外面聲援的示威者亦達瘋狂狀態，局勢難以預料；所以飛虎隊就在理大外圍荷槍實彈的部署，以備不時之需！18日清晨5點半，大批速龍小隊人員趁示威者人疲馬乏之時，發動「黎明攻勢」（Dawn Attack），一度進入理大正門，拘捕及帶走多人。直至11月27日下午5時，紅隧才恢復通車。理大的衝突至11月29日才正式結束，當中共有1393人遭到拘捕，當中810人由理大離開時被捕。圍魏救趙的暴動案，事後共有33名飛虎隊成員匿名於區域法院作供，可見行動中飛虎隊員的參與程度可見一斑。

黑暴事件隨著理工大學恢復正常，亦開始曲終人散。

06

英雄札記

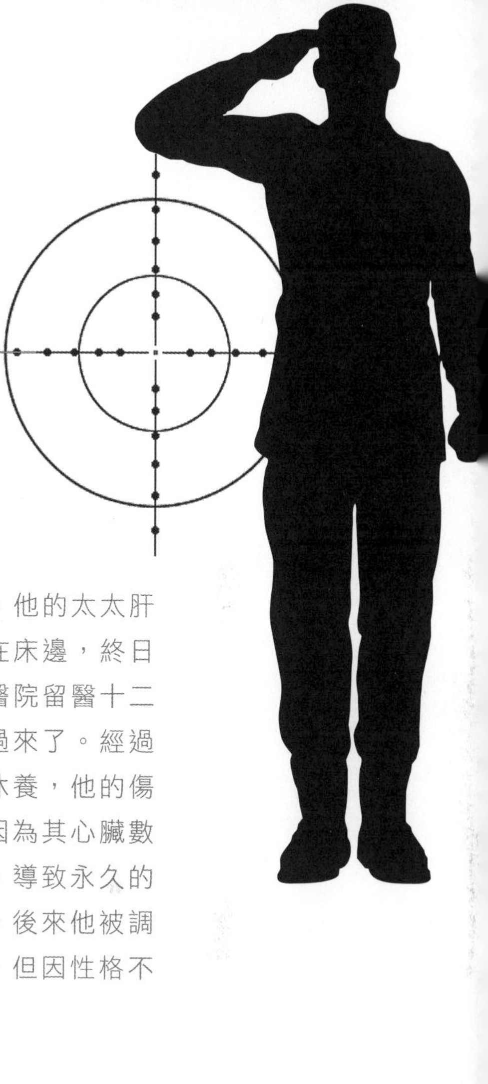

手術後秦一直昏迷，他的太太肝腸寸斷，朝夕守候在床邊，終日以淚洗臉。在英軍醫院留醫十二天後，他終於甦醒過來了。經過頗長時間的治療和休養，他的傷勢康復過來。但是因為其心臟數度停頓，腦部缺氧，導致永久的損害，令視力受損。後來他被調職至少年警訊工作，但因性格不合請辭。

英雄的背後

在晦暗的環境下，頭盔和防毒面具全套在頭殼上，身披沉重的戰術防彈背心，內穿厚厚的工作服，把雙膊壓得酸酸軟軟；手套、皮靴加腰帶集於一身，還有佩槍、後備彈匣、通訊器材、爆破工具和緊握在手的MP-5輕機槍，所有裝備都充滿着壓迫感，呼吸似乎頗為吃力！

小隊在長走廊中步步為營的推進，氣氛侷促得有點窒息的感覺。但是我們不能夠疏忽，視線望到哪裏，槍便要對準哪裏。目標一出現便扣扳機，猝射三至六發，迅速用火力將敵人壓制及擊倒。我們以細速和頻密的絮步前進，而且要控制好自己的呼吸頻率。

突然右前方彈出一個人形標靶，體內的腎上腺素隨即提升，本能地用槍嘴指住目標，食指扣動扳機，槍膛的子彈連珠爆發，彷彿老虎在發出沙啞的咆吼，火力澎湃直撲向可憐的靶子，它馬上就被貫穿了幾個可怖的小洞。

「Contact right（右面接觸）！」同一時間，我向隊友們作出警告。Contact drill（接戰步驟）展開，我們迅速而有默契的湧到右前方，由手持防彈盾的隊友領頭，其他人像單行排隊的一個跟一個，手持槍械一左一右的對準危險位置，長蛇列陣般竄向敵人的方位。好不容易通過了長走廊，一切平靜，沒有敵人出現。眼前是三個房間，小隊即靜悄悄地分成三組，然後每組隊員以純熟的手法破門，閃身交叉式攻入房內，輕機槍的掃射聲此起彼落，觸目驚心！過程約幾秒鐘，攻擊隊員便紛紛叫喊：「Clear（安全）!Clear（安全）！」大家撤出來再重整隊伍。

俗語說：「台上一分鐘，台下十年功。」我們的英勇表現都是經過無數演習，千錘百煉而成的，飛虎隊的汗水並沒有白流啊！回想從前在烈日當空時，戴住防毒面具跑步的日子，大伙兒差點兒因熬不住而缺氧暈倒！還有兩組隊員面對面的橫排握槍在手，站立在人形靶旁邊互相對射，橫飛的子彈擦身而過，是生命懸於一線的震撼！這全靠同伴間的互賴互信。現在飛虎隊所展現的成績，令我們感到所有的付出都是值得的啊！

生死時速

飛虎隊還未在新界白泥興建先進的CQB（Close Quarther Battle 近身戰）靶場以前，就在基地新屋嶺靶場上搭建了一間Killing House作為實彈射擊的訓練場地。當年Killing House的牆壁，是以兩塊厚度達一吋的木板藏夾着沙泥而建的，令槍彈不能穿透出來。可惜舊有的Killing House彈痕纍纍，而且日久失修，終於倒塌了，以致飛虎隊的近身戰實彈射擊攻防訓練被迫停頓下來。沉寂一段頗長的日子後，上級覺得有恢復此項訓練的必要，於是就臨時用木板搭建了一間裝有木門和佈景的模型屋，充當訓練的場地。

1984年12月4日早上，飛虎隊就在新屋嶺靶場上利用模型屋作實彈CQB近身戰的射擊訓練。十多人分成兩人至三人一組，教官一聲令下，即手持白朗靈手槍衝向該屋破門而入，展開攻擊。屋內設置十多個人形木靶，這正是隊員以手槍「招呼」的對象。敏捷的身手，加上彼此純熟的默契，隊員間互相掩護向靶子扣射，打得木靶彈痕纍纍，木屑沙煙四起，異常逼真，恍如置身槍林彈雨的戰場中。

中午時分，教官尾隨最後一組人員攻入屋內撕殺，其他的隊員和教官則在安全線外等候。一時間槍聲卜卜，沙塵滾滾。突然，有人大叫：「Stop（停火）——」眾人正感到大事不妙之際，即傳來慌張的叫喊：「有人中槍了！」

教官立即終止訓練，大夥人急不及待地衝到模型屋去，發現隊員陳岳文倒在屋後面的泥坑中，頭部流血，不省人事。原來一枚子彈經由他的右邊太陽穴射入，從左下顎穿出，令在場的戰友立時心頭涼了一截。激動的隊員火速擁前搶救，用止血敷料包紮傷口，並且急喚直升機前來，速速將他載往醫院急救。幾位隊友陪同奄奄一息的文仔，乘坐直升機前往九龍衛理道的英軍醫院，由醫療專家來搶救。雖然專家中有一位醫官曾參與福克蘭群島戰役中的救援工作，有豐富的拯救槍傷患者的經驗。可惜，醫官仔細檢查後即搖頭歎息，原來文仔的腦組織已經被射入的彈頭絞爛，回天乏術了！噩耗使飛虎們流下熱淚，一片愁雲慘霧。他們自此痛失一名好戰友！

陳岳文當年不過是二十五歲，未婚，在少年警察訓練學校畢業後正式加入警隊，曾任港督府侍衛保鑣，1982年加入飛虎隊，參與過著名的浣紗花園剿匪一役，是個不折不扣的真英雄，卻英年早逝，實在教人惋惜！而飛虎隊的演練就響起警號，要緊急作出全面、詳細的評估。

檢討是次意外，主因出於：第一、Killing House的安全問題，子彈能輕易貫穿模型屋的木板，射出外邊範圍；第二、靶場範圍大，隱蔽點太多，容易造成管理和控制上的困難；第三、大家缺乏安全意識。按證據推斷，陳岳文於事發時誤以為練習已告終止，於是便走到屋後執拾。誰知教官對其中一組的表現未能接受，匆匆忙忙臨時加課。但是尚未把所有隊員召回，即重新投入練習，以致痛失一位優秀人材！

自此，真槍實彈的演練每每在揮之不去的陰影下進行，各人都提高警覺，注意安全防禦（Normal Safety Precaution），將意外機會減至最低。

1987年2月4日，飛虎隊在青山白泥練靶場上進行一項狙擊的演習。

「Prone Position Down（伏低成俯伏姿勢）——」教官一聲令下，隊員們依令以整齊劃一的動作，迅速地俯伏地上，左手握住萊福槍的前把手，而右手握槍，食指擺放於扳機外的位置，將槍柄貼緊右邊肩位。

「Ready（上膛）——」教官再度下令說。射手們即為萊福槍的子彈上膛，進入戒備狀態，將右邊面頰貼在槍托上，閉上左眼，全神貫注，利用瞄準器耐心地監視前方的動靜；另一方面留心聽着無線電耳筒通訊器，等候教官的指令。

忽然，前面遠處走出數名扮演恐怖分子的隊員，他們大搖大擺的，故意暴露在狙擊手的射程視線內。

「Stand-by（預備）——」教官下令。嚴陣以待的新紮狙擊手馬上鎖定了自己的目標，追蹤住自己的獵物，凝神貫注地瞄準恐怖分子的頭部。射手們瞬即進入戒備狀態，右手食指已觸及扳機的虛位，並且深呼吸，隨時可以開火。

「Fire（開火）——」教官下令了。

可是，出乎教官意料之外，居然沒有人依命令開槍。原來教官的無線電耳筒通訊器忽然失靈，所以沒有人聽到他所下的命令。他重複發施號令，但射手們卻毫無反應。教官惱羞成怒，誤以為新丁膽怯不敢開槍。盛怒下便走到沒有狙擊經驗的新人後面，破口大罵，並下令開火。在教官干擾下，眾人沒有閉住呼吸便扣動扳機，倉猝地射向目標，皆失去準繩。

一輪亂槍過後，幾名「恐怖分子」按劇情中槍倒地，這個演習就告一段落。扮演者相繼從地上爬起，只見剩下秦溢楠一人仍然躺臥地上呻吟。起初，大家還以為秦過分投入，但見到其腋下流出血液，才知道事態嚴重，即上前按住傷口，呼救：「有人中槍了！」

眾人不敢怠慢，馬上用擔架床將秦送入醫療室急救。但他因傷勢嚴重，迅速陷入昏迷狀態。情況緊急，飛虎隊急召直升機將傷者送往醫院搶救。大量出血的秦溢楠，心臟數度停頓，嚇得護送的隊友手忙腳亂。幸賴精通急救的隊友用敷料暫時幫他止血，並為他施行心肺復甦法，使其心肌再次恢復功能。

抵達英軍醫院後，醫生和護士們嚴陣以待，立即進行搶救。從X光照片中看見，彈頭是由腋下射入，貫穿肌肉組織，穿透肺部，再進入心臟附近的位置。而留在他體內的彈頭並非一般的彈頭，竟然是橡膠彈頭。演習用的明明是空包彈（Blank round），怎會變成了橡膠彈？

經過醫生努力搶救和施行手術後，終於成功地取出彈頭。但是26歲的秦溢楠仍然昏迷不醒，還未能渡過危險期，要進入深切治療病房。部分激動的隊員搖頭歎息說：「想不到繼文仔後，還是有這種意外！」他們都質疑是人為疏忽，幸而無線電耳筒器失靈，否則後果堪虞。

手術後秦一直昏迷，他的太太肝腸寸斷，朝夕守候在床邊，終日以淚洗臉。在英軍醫院留醫十二天後，他終於甦醒過來了。經過頗長時間的治療和休養，他的傷勢康復過來。但是因為其心臟數度停頓，腦部缺氧，導致永久的損害，令視力受損。後來他被調職至少年警訊工作，但因性格不合請辭。之後，他控告警察部疏忽，向政府正式索取賠償。經過八年的訴訟，終在1995年5月6日上訴得勝，獲得六百八十萬三千多元的賠償，但政府卻失去一位飛虎精英。

造成不同程度的槍傷，跟子彈的口徑、初速及距離的大小有着莫大的關係。口徑越大，造成的槍傷傷口越嚴重；子彈的初速越高，威力越強；距離越近威力越強，反之越遠威力越小。初速高的子彈會急速穿透身體，造成一種向外壓的衝擊波，將身體組織向外推。這種高速子彈的旋轉會絞爛傷口、破壞肌肉、神經組織、血管和骨骼等；如擊中體內骨骼，子彈在體腔內反彈，會造成更嚴重的創傷，致命率極高。慢速的子彈會穿過身體，逼開身體組織，所造成的裂傷並不嚴重，跟刀劍刺傷無異。

秦溢楠所中的是低火力訓練彈（Low Power Training Round），初速很慢，而且是橡膠彈頭，所以雖然貫穿身體，直入心臟附近位置，亦能保住性命。相反，陳岳文在近距離遭到初速達每秒1148英呎的9毫米手槍射擊，穿過木板擊中頭部，結果就嚴重得多了！

1991年1月15日，飛虎隊及美國海豹突擊隊六隊在公海上進行聯合訓練，模擬海空夾擊一艘艦艇，分別由快艇攀登敵艦和由直升機沿繩滑下至艦艇。一名飛虎隊員由快艇攀爬時，捉拿的鋼纜突然意外折斷，他從十公尺高的位置直墮快艇，導致身體多處骨折，嚴重受傷，雖保住了性命，但最後因傷被迫退出飛虎隊！

2002年4月19日早上，飛虎隊在北角英皇道632號一幢將拆卸的空置消防宿舍內進行多項模擬的作戰訓練。在教官的指導下，隊員認真地練習，槍聲卜卜，氣氛緊張。至下午1時許，雖然是大白天，但在宿舍內走廊和房間單位都帶著神秘的幽暗，彷彿草木皆兵，充滿殺機。面罩蒙頭、全副武裝的攻擊隊員，戰戰兢兢地擎槍指向危險的地方和角落，互相掩護推進。攻擊隊隊長高級督察黃某率領四名攻擊隊員，準備攻入一個目標單位。為了令敵人驚愕和喪失戰鬥力，於是決定向單位裏投擲震眩彈，意圖癱瘓敵人。

黃某用手號示意使用震眩彈，各人即時作出準備。他從作戰背心的袋中，迅速取出一枚震眩彈，右手握彈，左手拔去保險針，右手緊握着震眩彈的保險桿。此時，一位隊員用鐵鎚擊破廚房的百頁窗玻璃，黃立即從缺口擲進震眩彈。才鬆手彈出保險桿，他的右手卻未及抽出，意料之外，震眩彈竟然即時爆炸，轟隆巨響，黃感到右手一下劇痛，心頭涼了一截！他連忙扯出右手察看，觸目驚心，只見戴着手套的右手失卻中指的第一節，鮮血淋漓。他臨危不亂，馬上用左手握緊右手手腕，並提高右手，減少傷口出血。演習被迫終止，隊友即時為他止血和撿拾斷指，再由兩人陪同到醫院治療。

其實在狹窄的環境使用爆炸品，是非常危險的事。因為爆炸氣流的衝擊容易震傷人的內臟，而碎片四散飛濺更具危險性。記得某年的演練中，爆炸發生後沙煙四起，站在前方的一位隊員首當其衝，被衝擊波推倒在地上哇哇大叫。隊友幫他脫下防毒面具檢查時，只見他血流披面，不知道傷了哪個部位，狀甚恐怖！隊員隨即為他施行急救，用清水沖掉臉上的血跡後，發現他面頰上只有一個不顯眼的細小傷口，可是鮮血卻源源不絕地由那處湧出來。用止血敷料按住傷口後，隊員就火速將他送院救治。原來一小塊金屬碎片在爆炸中隨氣流激射飛濺開去，剛巧射中某君的防毒面具，貫穿橡膠直插入面頰的肌肉組織中，造成又細又深的創傷。醫生馬上施手術取出碎片，為傷口消毒止血後，他已無大礙了。假如碎片射中眼睛或動脈血管，就嚴重得多了！

還有一次破門的訓練，地點在空曠的靶場上。隊員利用引爆線圈，裝置在木門的鎖頭附近，燃點引線破門。隊員甲燃點引線後即迅速跑離，線圈在電光火石間轟隆爆發，一陣沙煙過後只見木門上的鎖頭位置出現一個齊整的洞口，門鎖已不知去向。忽然，負責安裝引爆裝置的隊員甲感到左手手掌一片濕潤，低頭一看，才驚見手腕以下的手掌染滿鮮血，傷勢不明。其他隊友忙著為他急救，止血後他發現自己左手拇指沒有知覺，無法動彈，乃送醫院治療。

原來在爆炸的剎那間，其中一塊木屑隨氣流激射開去。閃電般的速度，使小小的木屑像利刃般鋒利，疾速割開甲的左手拇指後的肌肉，同時切斷筋腱。醫生馬上為他的拇指筋腱進行接駁手術，縫合傷口。拆線後甲需要作兩個月的物理和職業治療，其拇指才能活動自如，重返工作崗位，但他的左手拇指上就留下了數厘米的疤痕。

為免意外頻生，大家共同遵守各項安全守則和安全防禦法（Normal Safety Precaution），凡事如履薄冰，步步為營，注意保障自身的安全。雖然大家都以成為頂尖的隊伍為傲，但誰也不會用生命做賭注吧！所以隊內將安全放在第一位，盡力把發生意外的機會減至最低！

不可能的任務

飛虎隊的主要任務是反恐怖活動，現時世界各地有近八百個恐怖組織，當中有很多是非常活躍的，例如塔利班、赤旅、哈馬斯、回教祈禱團、泰米爾猛虎游擊隊、東突厥斯坦伊斯蘭運動等。有些是政治組織，包括左翼及右翼政黨、民族主義團體、宗教團體、革命分子及當權的政府。他們有意圖製造恐慌性的暴力行為，故意攻擊非戰鬥人員，將平民的安危置之不理，意圖達成宗教、政治或意識形態上的目的。他們之間的共同點是會肆意向平民使用暴力，製造流血事件，爭取外間（國際）的注意。某些國家會向這些組織提供訓練、武器、金錢和其他方面的各種支援，令他們躍升成國際性的恐怖組織。

恐怖組織策劃針對平民為目標的行動，發動如襲擊、放置及引爆炸彈、騎劫飛機和綁架人質等事件。眾所周知，恐怖組織曾發動了轟動全球的九一一襲擊、英國倫敦的巴士爆炸案、印尼峇里島酒吧區爆炸案和印度孟買金融商業區襲擊事件等。顯然飛虎隊所面對的並非庸手，而是有良好訓練、有遠見、有目標的宗教或政治狂熱分子。所以飛虎隊要學習和認識這些組織的背景資料，如他們的組織編制、主張、目標、製造事件的手法、使用的軍火武器和曾經參與的恐怖活動等，要知彼知己，方能百戰百勝。實際上，正反雙方都與時並進，互相競爭優勢，加強對敵人的認識，學習其慣用的戰術，增加情報收集工作。

飛虎隊與恐怖分子交鋒時會執行格殺勿論的指令，要絕對性地壓倒敵人，除了要有精良的武器、準確的情報收集和高科技裝備外，還要有完美的戰術配合。飛虎採用SAS戰術，即速度（speed）、攻擊（Aggression）和驚愕（Surprise）。每次進攻都要以迅雷不及掩耳的姿勢迅速解決敵人，若果不能即時把恐怖分子擊斃，他們就可能按動身上的遙控裝置，引爆附近的炸藥，來個同歸於盡、玉石俱焚；或者中槍後仍扣動扳機，向人質或隊員掃射，製造不必要的傷亡。因此，隊員會用手槍向同一目標連扣兩槍（Double taps），或用自動機槍猝射三至六發（Bursts fire），務求令敵人必死無疑。敵人倒下後還會上前補多幾槍，確定中槍者無法反撲。攻擊任務的飛虎隊員像執行處決的劊子手一樣，如果能命中對方頭部，通常一槍就可以致命。可惜頭部的面積較小，在黑暗、混亂嘈雜和充滿煙霧的環境中，一槍即中的機會很微。所以飛虎隊員多數是瞄準敵人的軀幹開火，它比頭部的面積

大，命中率高。因身體內有心、肝、脾、肺、腎等維持生命的器官，即使未必可以一槍致命，但連中多槍就必死無疑。

這些射擊好本領，是在CQB（Close Quarter Battle）的靶場中鍛鍊出來的，飛虎隊員訓練有素，槍法百發百中。每次訓練和演習，隊員的腎上腺素都會自動提升，令他們呼吸和心跳加快，血脈亢奮，將大量氧氣供應腦部，保持思想清晰，增強判斷力。行動時保持冷靜，分析到緩急先後，是致勝的有利條件。飛虎隊員要第一時間分別敵我，決定開火，在少於一秒的時間內定生死，可謂一髮千鈞！狡猾多詐的恐怖分子，有時候會叫人質把持無彈藥的槍械，甚至迫令人質持槍站在窗口前曝光，刻意混淆視聽，自己卻混入人質中潛匿，等待機會偷襲。故此，一秒鐘內決定開火與否，是自身生死存亡的關鍵，凶險萬分。

1992年4月25日凌晨，飛虎隊接獲線報，到深水埗基隆街256號，追捕大角咀利得街槍戰案突圍的悍匪（4月24日匪徒在鬧市中用AK-47掃射和投擲手榴彈，傷及多名幹探，並且近距離槍傷了高級督察陳思祺，子彈從他左前額射入，碰擊頭顱骨改變方向，然後穿越前腦，洞穿鼻竇、上顎和舌頭，再由下顎穿出，幸而能奇跡地生還）。因為悍匪持有軍火武器，眾人不敢怠慢。發動攻擊時，攻擊隊員入屋後在黑暗中看見一人衝向自己，擎槍喝令對方無效，便毫不遲疑地開火，射中對方前額，應聲而倒。事後才知道情報出錯，中槍者是五十歲的受驚男住客。不幸中之大幸，他沒有被槍斃，只受了重傷，後來獲救痊癒並得到了政府的賠償。在不是你死便是我亡的環境下，開槍與否並沒有絕對的標準，只靠自己的臨場感覺和判斷。

曾經有市民投訴飛虎隊突然破門入屋，不由分說即粗暴地向他拳打腳踢，毆打至渾身是傷。這純粹是誤會一場，因為匪徒或恐怖分子的樣子是無法識別的，攻擊隊員在攻入房間後，即使裏面的人自稱是良民，亦可能是伺機的施襲者，所以飛虎隊為確保自身安全，都會一視同仁，全部扣上塑膠手銬。遇有不合作或動作敏感者，即會施以武力，甚至舉槍射擊。當控制大局後才處理被制服的人，避免敵人扮作市民或人質。

2006年3月17日凌晨，柯士甸道行人隧道內，徐步高用左輪手槍近距離向兩名軍裝警員的頭部開槍，以為中槍者必死無疑，誰知道警員曾國恒頭部中槍後，在垂死前仍向徐步高連開五槍還火，當場將徐擊斃；另一位警員面部和大腿中槍，身受重傷，仍有知覺衝前壓低施襲者。由此可見，儘管頭部中槍，亦未必即場死亡。

某日，飛虎隊在晚飯後突然被緊急召集，全部空羣而出。當所有人齊集政府飛行服務隊總部後，飛虎隊的指揮官便向手下宣佈，今晚要進行一項反劫機的演習。然後便開始訓令，講述事件的背景：「據報有一架載有乘客和機員共三百人的七四七民航客機，被一班為數約七至九名使用自動槍械和爆炸品的恐怖分子挾持……」

演習隨即開始，所有人員換上全副武裝候命，全面封鎖機場內外。狙擊組成員最先就位，靜悄悄地佔據多個有利位置，建立不同的觀察點（O.P），利用望遠鏡和瞄準器監視民航客機的動靜，向指揮中心提供最新的動態資料。部分人員偽裝成機場地勤人員，伺機接近客機，作近距離的偵察，匯報附近的環境狀況。這個時候，政府的有關部門就會與劫機者聯絡，查詢對方的目的和要求，尋求以談判方式，採用和平的方法解決問題。雙方為了表示談判的誠意，警方會懇請劫機者先行釋放機上的病患老弱和婦孺，而有關部門亦會提供足夠的食物和飲料作為交換條件。

談判期間，雙方透過電話或無線電互相交涉及討價還價，專家會洞悉到恐怖分子的真正動機，評估以談判方式可否解決事件，抑或以武力營救人質，考慮各種風險因素等。假如決定採用武力營救人質的方案，那談判只是一種拖延手段，用意是爭取更多時間部署，以及儘量請求對方釋放更多人質，降低拯救行動中可能造成的傷亡。除非恐怖分子設有期限，否則挾持事件越長越好，意圖令劫機者身心疲累，攻擊人員以逸待勞，有利於營救行動。

但人質會產生斯德哥爾摩症候群，會轉過來同情劫機者，變得合作，甚至站在恐怖分子的一邊。另一方面，飛虎隊會從獲釋人質的口中套取大量寶貴的資料，例如恐怖分子的真正人數、使用的槍械武器、機廂內有沒有安裝炸彈、守衛的位置和面貌特徵等。經過分析和歸納後，這些資料會作為採取行動前的參考，以便決定使用何種戰術進攻，提高成功的機會。

劇情需要，恐怖分子要脅每五分鐘要槍決一名人質。攻擊隊隊長在眾隊員面前展示一幅七四七民航客機的機艙垂直切面圖及一張機場的航機位置圖，還有一班劫機者的面貌拼圖。隊長以嘹亮的聲音講解地形、形勢、任務，宣佈執行格殺勿論的指令，並分配各個組別的任務，清楚解釋各個程序和細節、如何應付和處理突發情況、撤退和撤走人質的路線、其他支援、無線電代號密碼……最後跟隊長調較手表時間，使大家時間一致，分秒不差。

偽裝成機場地勤人員的隊員，利用加油車、行李車和載客巴士等，故意在場地跑道走動。一則引開恐怖分子的注意力，試探其警覺反應；二則探路和偷運人員及長梯裝備進行部署，拯救行動如火如荼。

劇情急轉，恐怖分子突然要求立即加添燃油，否則屠殺人質。飛虎隊迫不得已，立即採取攻擊行動。他們分成A、B、C、D四組，A組躲藏在加油車上，藉加添燃油時，暗中走到飛機的盲點，持長梯在機肚下面候命；B組乘坐特製的裝設長梯的戰車在附近候命，準備接應A組的行動，強行衝上打開艙門，硬攻入機艙；C組在政府飛行服隊總部，登上直升機候命，擔任支援工作；D組負責駕駛多輛機場大型巴士，協助撤走人質，護送到安全地方。

各就各位後，「Stand-by——Go-go-go！」無線電耳機傳來指揮處的攻擊命令。躲在機肚下面的隊員首先發難，迅速地架起長梯從尾部和機翼攀爬而上，強行從外面拉開艙門，即時向機艙內投擲震眩彈，產生爆炸聲和閃光，飛虎隊隨即攻進去。B組隊員乘坐特製的戰車蜂擁而至，沿梯登上艙門，伸手強行扯開艙門，擲入震眩彈，魚貫殺入。一時間機艙槍聲此起彼落，呼喊聲響徹雲霄。C組的直升機升空出發，快速地將隊員送達七四七民航客機上面，讓他們滑繩降下佈陣，將航機團團包圍起來。為求逼真，槍械都使用FX彈，中槍會感到痛楚和留下螢光粉痕跡。

「A1，機尾解決了兩個！」攻擊隊回報戰況。「A2，機翼清除了三個！正向機首推進……」

「B1，機頭擊斃了兩個，現在攻入駕駛艙。」攻擊隊在機艙敏捷走動，喝令乘客伏下。

「B2，登上上層，遭遇強烈火力抵抗——」無線電耳機夾雜著急速的呼吸聲、爆炸聲和機關槍聲，約二十秒，無線電耳機傳出：「B2，成功攻上上層，殺掉三個！」

「Clear——」攻擊隊報捷：「Clear——」恐怖分子都被射殺了。

天衣無縫的配合下，D組駕駛多輛機場大型巴士，直往航機位置。未幾，航機就放下救生墊梯，人質們一個接一個從墊梯滑下。C組隊員持槍戒備，接收人質，全程不敢鬆懈，恐防有漏網之魚。C組和D組合力指示人質們登上大型巴士，送往保安嚴密的地方，再嚴格核實身分。天邊剛剛泛起魚肚白色，反劫機演習便告一段落。

新近的啟德遊輪碼頭，亦是飛虎隊關注的重點之一。

1995年3月20日早上，日本的奧姆真理教在東京地下鐵車廂內施放沙林毒氣，發動恐怖襲擊，造成十三人死亡、六千三百人受傷，向世人敲響了警鐘，人心惶惶。生物和化學武器是《日內瓦條約》及海牙會議中，嚴格規定禁止世界各國在戰爭中使用的。可是在近代戰爭中，仍然有些國家妄顧一切，違反公約，竟在戰爭中採用這種武器，殘殺大量軍人和無辜的平民，卻沒有被制裁，實在令人髮指！

其實沙林毒氣是一種神經毒氣，屬於化學武器。這種武器是無色無臭無味的，令人難以提防，是極危險的毒物。它能夠透過人類的呼吸系統、皮膚和眼睛迅速地侵入人體的神經系統，破壞人體的組織，令器官喪失功能，置人於死地。前蘇聯軍方曾發明了一種新的神經毒氣，只需十秒就可奪去人的性命。打個比喻，它是一種強力的殺蟲劑，不過是用來殺害人類的。我們用殺蟲劑直接噴向甲由，未幾牠就當場死掉；而殺虫劑噴射過的地方，幾天後仍然能發揮效力，把經過的甲由都一一殺死。神經毒氣跟殺蟲劑的原理一樣，受到襲擊的地方必須經過清潔消毒，或者等待藥力完全消失，否則接觸到的話都會致命。

當受到神經毒氣攻擊時，空氣中會瀰漫層層薄霧或者絲絲輕煙，甚至出現水點噴灑和水氣的現象。它們無孔不入，當人的皮膚、眼睛或呼吸系統沾染到毒氣，十秒左右，就會視線模糊、眼睛刺痛，或者頭痛、胸口沉悶、流口水和鼻水，這就是中了神經毒氣的初期徵兆。後期徵狀是呼吸困難、頭痛加劇、胡言亂語和神智不清。進入垂死階段時，會大小便失禁、全身痙攣抽搐、昏迷，繼而停止呼吸，心臟衰竭以致死亡，可怕得很！神經毒氣可謂是極醜惡和陰險毒辣的武器！

生物武器即細菌武器，一些國家致力研究傳染性強而且致命的病菌（如鼠疫、天花、伊波拉和愛滋病等混合病毒），利用媒體如昆蟲、動物或噴劑散播開去。當人受到感染後，就會快速發病，再高速以人傳人的方式在短時間內殺死大量人類，教人防不勝防。當2003年香港爆發沙士疫症（非典型肺炎）時，病菌便迅速在社區擴散，死亡率高，有專家以為是生物武器的恐怖襲擊呢！它對政治、經濟和人命的摧毀性極大，簡直是災難性的武器！

想要躲避生物和化學武器的襲擊，必需要全身由頭到腳穿著防生化的保護衣，並且載上防毒面具，像太空人一樣的包得密密實實。或者走進一個完全密封的房間，和外面的空氣隔絕，並要有獨立的空氣調節、過濾和淨化系統。這不是危言聳聽，恐怖組織如果獲得小型核子彈（或叫骯髒彈，可以製造小型核爆，造成輻射污染擴散）或者生化武器，在世界任何一個城市進行襲擊，造成的後果都不堪設想！即使是超級大國也承受不了！所以各國反恐怖專家和部門，正積極研究對策，防患於未然。香港亦多次進行受到生化武器襲擊的演習，訓練飛虎隊和多個部門照料傷者和清洗消毒等等的應變技巧。香港警察亦大大加強反恐意識，反恐特勤隊（Counter Terrorism Response Unit，CTRU）於2009年7日成立，是亞洲第一支反恐怖的巡邏部隊，經常在鬧市中巡邏，令恐怖分子難以進行活動。飛虎隊、機場特警組和反恐特勤隊都是具反恐能力的部隊，是香港警方的精英鐵三角，共同肩負起反恐的艱巨任務。

真實與電影世界

在電影中的槍戰情節，跟真實的槍戰情況有很大的出入，觀眾往往被誤導了。

首先要介紹一下手槍的彈藥，口徑由0.22、0.357、0.38、0.45至0.50（以英吋計算），亦有5.56、7.62、9、10（以毫米計算），口徑越大破壞力也越強，造成的槍傷傷口就越嚴重。除了0.22的小口徑手槍外，其他口徑的手槍在開槍後均會產生強大的後座力，令持槍的手往上跳揚。射手需要有足夠的力量握持，和有足夠的訓練，才可以準確地射中目標。

但在電影中，弱質纖纖的女子竟然也能夠握持大口徑的手槍，甚至是沙漠之鷹（著名的以色列製半自動手槍）。她們從容射擊，射姿欠缺說服力，根本不合情理。再者，他們在槍戰中往往無需入彈或更換彈匣，彷彿有用之不盡的子彈。更誇張的是，一張木桌或者沙發居然也可以抵擋子彈。子彈的貫穿力大，木板、玻璃、薄金屬、磚牆和人體都可以被貫穿，即使是普通的汽車都擋不住它呢！

電影之中，有人被子彈射中，卻仍然活動自如。現實中，高速的子彈會急速穿透身體，造成一種向外壓的衝擊波，將身體組織向外推。這種推動最後會造成大約比子彈口徑大二十至三十倍的傷口，可謂血肉模糊。而這種高速子彈的旋轉，會絞爛傷口，破壞肌肉、神經組織、血管和骨骼等。如果擊中體內的骨骼，子彈會在體腔內反彈，造成更嚴重的創傷。除了打中四肢外，槍傷的致命率極高。

中槍者多會倒下來，因為身體大多無法承受突然的創傷和痛楚，部分人士甚至會癱瘓。當然也有些特別強壯的人能夠熬得住，但要是身體連中幾槍，恐怕就連超人也抵受不了。擊中骨骼的話，輕則裂骨，重則造成骨折，後果嚴重，而且會大量出血，使人休克和昏迷。僥倖被射中手腳的話，輕則暫時失去活動能力，重則即時殘廢。就是穿著避彈衣，子彈被擋住射不入身體，亦要捱上每秒數百米速度及數百至一千磅的撞擊，少不免瘀傷、內傷或裂骨。

機關槍和長槍的威力，更難以想像呀！中槍後如果消毒得不好，傷口會發炎，引致發燒，也許會因肌肉壞死而要造截肢手術，或產生併發症導致死亡。一旦擊中腹部，打穿大腸或器官，子彈就會絞爛血管和組織，致命率極高。修補大腸的手術既複雜且困難，傷者有機會需要終身攜帶排便袋，苦不堪言！

子彈擊中頭部的話，死亡是最佳的解脫。僥倖生還就是活受罪，除暴安良的英雄高級督察陳思祺就是一個鐵證！大角咀利得街槍戰後，他捱過多次複雜而危險的手術，失去味覺、流出腦液、精神恍惚、失禁……中槍的感覺相當痛苦，我曾經被FX（效果）彈打中身體，痛入心肺，但痛楚還不及真正中槍的十分一，好比一支針刺手臂和一粒牙齒般大小的金屬錐體插進體內的差異。

荊棘英雄

曾廣標勇於接受高難度的挑戰，在1982年11月加入飛虎隊，接受嚴格的密集式訓練。他有強健的體魄，加上頭腦冷靜，兼且是百發百中的神槍手，於是他迅速被挑選及訓練成為狙擊手。後來，曾廣標成為飛虎隊醫療支援隊的主管，負責支援其他飛虎隊員的行動。

但事與願違，正當前途一片光明之際，1991年1月15日的一次訓練意外驟然改變了曾廣標的一生。飛虎隊為保持精鋭的狀態，除了自己日常性的訓練外，亦經常與各國的特種部隊交流和聯合訓練，例如著名的美國三角洲部隊、海豹特擊隊、英國SAS、澳洲SAS和新加坡STAR等等。當天，曾廣標和飛虎隊其他成員於美國維珍尼亞州，跟美國海豹特擊隊一起集訓，模擬由快艇攀爬鋼索，強行登上一艘被騎劫的軍艦去拯救人質。在顛簸的快艇上，他們快速地接近軍艦，波濤洶湧中，他們利用鋼纜攀上軍艦甲板，期間支撐曾廣標身體的鋼纜意外地突然折斷，他的身體在十公尺高度急墜下來，雖然仍然清醒，但是他已經感覺全身不能動彈，恐怖莫名！演練事故突顯危險性，曾廣標立即被送醫院治理。

經過診斷發現曾廣標身體多處地方骨折，包括膝蓋骨、鎖骨、肋骨、背部，最嚴重的是頸椎骨第六條神經線斷裂，導致右手臂不能活動，要返香港緊急治療。

1991年7月曾廣標接受了兩次大手術後，遭遇了又一次難關，就是腦部中風，導致右邊身體不能動彈。做了九個小時的手術後，曾廣標僥倖地安全渡過危險，保住了性命。雖然神經線接駁手術完成，但是他從前的輝煌、以往的體能已一去不返。他的右手臂仍然不能活動如昔，眼見同僚練習射擊，今天的他連開槍也不行，這無疑是極大的挫折，他的心情低落到極點！主診醫生沒有給他帶來好消息，右手臂手術後兩年仍然無法動彈，被斷定是永久傷殘。

儘管是荊棘滿途，曾廣標並無氣餒，他有強烈的信念：右手是可以康復的。他要保持運動，避免肌肉萎縮敗死。除了跑步外，他為使右手有足夠的運動，於是利用一支棍子，雙手各握住棍子的一端，舉高棍由左手帶領右手活動，毫不懈怠。他在1993年某天運動後放下棍子，右手竟然能移動半寸，他知道右手恢復動作是有希望的，感到非常開心，這種感覺非常奇妙！雖然現在右手不能活動自如，被斷定為百分之十五的傷殘，但是熱愛運動的他仍然保持跑步和踢足球等，他堅持

劍齒虎裝甲車

信念，對自己的動力未有停止，對自己的前途未有放棄。面對逆境，他仍然樂觀面對，自資修讀管理證書課程，並在美國完成兩個專業醫療課程，裝備好自己迎接未來挑戰。

曾廣標至隸屬警察機動部隊，負責設計訓練課程的事宜；更運用所學到的醫療知識，向其他警務人員講學，介紹如何處理槍傷。

明天會更好，曾廣標擁有堅定的宗教信仰與家人的支持，加之他經常擔任義務工作，又當聖約翰救傷隊義務急救導師，還探訪醫院及老人院，鼓勵院友樂觀面對人生。奇蹟終於降臨，他走出幽谷，踏上康復之路，並探訪骨科病房的院友，分享自己的經歷：如何克服困境，積極面對人生。

神槍手不能再衝鋒陷陣，但是他以個人經歷影響其他人的生命，勇往向前！

POP 033	**飛虎傳奇**
作者	捍衛者
編輯	青森文化編輯組
設計	青森文化設計組
出版	紅出版（青森文化）
	地址：香港灣仔道133號卓凌中心11樓
	出版計劃查詢電話：(852) 2540 7517
	電郵：editor@red-publish.com
	網址：http://www.red-publish.com
香港總經銷	聯合新零售（香港）有限公司
出版日期	2024年5月
圖書分類	流行讀物
ISBN	978-988-8868-34-6
定價	港幣108元正／新台幣430圓正

* 鳴謝「香港警務處 警察公共關係科」

（相片提供，頁碼15,29,30,44,53,70,71(上圖),87,159-161,188,191）